# 每天10 10 min

# 聽聽法國人怎麼説

Mandy HSIEH、Christophe LEMIEUX-BOUDON 合著

Franck Le Rouzic 審訂

繽紛外語編輯小組 總策劃

# 練出一雙法語耳，唱出一口法國語！

法語怎麼聽起來跟學的不太一樣啊？

的確，法語其中的一個難點就在於字面上學的和現實中聽到的會有點出入，除了字彙的意思可能會隨情境改變之外，連音、慣用語、俚語、說話的速度與語調也都會讓日常生活的法語聽起來很生疏，因此聽力的訓練變得更是重要。

多聽各種情境的表達，跟多閱讀文章是一樣的重要，閱讀在於加強書面用字彙，聽力則是強調日常用語的表達，不斷地充實這兩大領域才能累積日後寫作與口說的能力。多方面地充實不代表囫圇吞棗沒有方向地學習，依據程度循序漸進地學習才能吸收消化成為自己能力的一部分，這也是本書的初衷，希望從初級學習者的角度，彙集生活中常用的表達對話與情境，透過簡單清楚地說明，讓聽懂法語不再遙不可及，也可從中學習簡單的日常法語，讓法語學習更生活化，不僅可聽懂也可表達得切意。

雖然一開始聽覺得有點吃力，但這很正常，多聽幾次，嘴裡多念幾次，漸漸地不知不覺中你就會聽出法語的意思，然後你也會抓到發音的訣竅；就像學唱歌一樣，多聽幾次，聽不懂看一下歌詞，再聽幾次就會唱了。每天挪出十分鐘聽聽法語，嘴裡再跟著唸一次，一天一點點，你也可以很快有一雙很靈敏的法語耳，且嘴裡說出一口流暢的法語！

*Mandy H*

# Français, langue en mouvement

Le français est, comme toute langue vivante, en constante évolution.

Le français parlé par nos grands-parents ou même nos parents a sensiblement changé en comparaison du français que l'on peut entendre aujourd'hui. Ces différences sont aussi sensibles de nos jours lorsque l'on voyage de Lille à Marseille ou de Québec à Dakar.

Chaque génération à ses propres expressions, ses tendances et ses mots, caractéristiques d'une période et d'un territoire dont le français s'enrichit chaque jour.

Ce livre suit donc l'évolution de cette langue riche et colorée en vous proposant une méthode intégrant la palette des expressions utilisées au quotidien. Cela a pour avantage de préparer l'apprenant de manière concrète et pratique à des situations de la vie courante. Donner envie d'apprendre tout en savourant les surprises de cette langue, tel est l'objectif de ce manuel.

*Boudon*

# 如何使用本書

跟著《每天10分鐘，聽聽法國人怎麼說》，每天只要10分鐘，活用51個法語聽力公式，運用交通、觀光、購物、社交……等場合，不知不覺中，就能馬上提升法語聽力，應對進退更得宜！

## 本書讓您聽力大躍進的7步驟：

**步驟 1**
用2分鐘，自我測驗聽到了哪些單字！

**步驟 3**
用1分鐘，掌握關鍵單字！

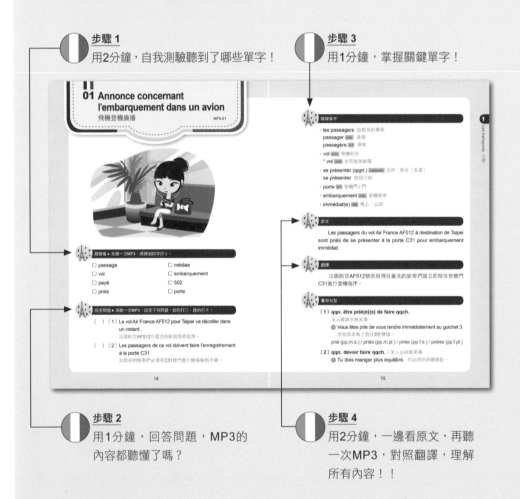

**步驟 2**
用1分鐘，回答問題，MP3的內容都聽懂了嗎？

**步驟 4**
用2分鐘，一邊看原文，再聽一次MP3，對照翻譯，理解所有內容！！

**步驟 5**
用2分鐘，複習原文中出現的
句型，增強理解實力！

**步驟 6**
用1分鐘，學習相關動詞變化！

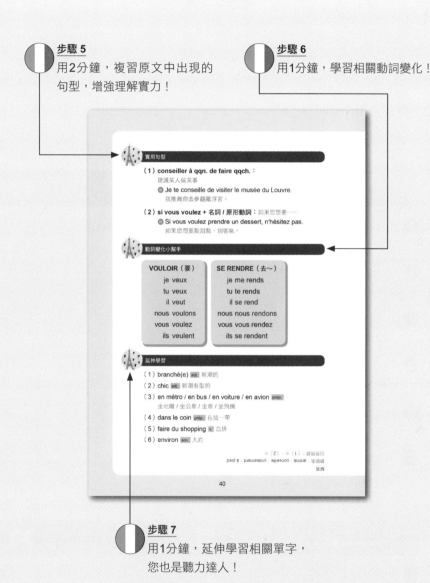

**實用句型**

（1）conseiller à qqn. de faire qqch.：
建議某人做某事
🎧 Je te conseille de visiter le musée du Louvre.
我推薦你去參觀羅浮宮。

（2）si vous voulez + 名詞／原形動詞：如果您想要……
🎧 Si vous voulez prendre un dessert, n'hésitez pas.
如果您想要點甜點，別客氣。

**動詞變化小幫手**

| VOULOIR（要） | SE RENDRE（去～） |
| --- | --- |
| je veux | je me rends |
| tu veux | tu te rends |
| il veut | il se rend |
| nous voulons | nous nous rendons |
| vous voulez | vous vous rendez |
| ils veulent | ils se rendent |

**延伸學習**

（1）branché(e) adj. 新潮的
（2）chic adj. 新潮有型的
（3）en métro / en bus / en voiture / en avion prép. 坐地鐵／坐公車／坐車／坐飛機
（4）dans le coin prép. 在這一帶
（5）faire du shopping v. 血拼
（6）environ adv. 大約

解答：
anime · conseille · croisement · à pied
自我測驗：（1）× （2）×

40

**步驟 7**
用1分鐘，延伸學習相關單字，
您也是聽力達人！

## 每天只要10分鐘，馬上提升法語聽力！

# 目 次

**Chapitre 1**

## Les transports 交通  **13**

**Chapitre 2**

## Les visites 觀光  **33**

**Chapitre 3**

**Acheter / Consommer 購物 / 消費　59**

**Chapitre 6**

# La vie 生活　　141

# 法文詞性縮寫整理

| 法文詞性縮寫 | 法文詞性原文 | 原文中譯 |
| --- | --- | --- |
| n. | nom | 名詞 |
| adj. | adjectif | 形容詞 |
| m. | masculin | 陽性 |
| f. | féminin | 陰性 |
| s. | singulier | 單數 |
| pl. | pluriel | 複數 |
| v. | verbe | 動詞 |
| adv. | adverbe | 副詞 |
| prép. | préposition | 介係詞 |
| phr. | phrase | 片語 |
| p.p. | participe passé | 過去分詞 |
| express. | expression | 表達語 |
| v.pronom. | verbe pronominal | 反身動詞 |
| pron. | pronom | 代名詞 |
| qqch. | quelque chose | 某事 / 某物 |
| qqn. | quelqu'un | 某人 |
| qqpt. | quelque part | 某處 |
| loc.adv. | locution adverbiale | 副詞慣用語 |

# MÉMO

## BONJOUR LA FRANCE

### Chapitre 1

# Les transports

## 交 通

★ ★ ★

# 01 Annonce concernant l'embarquement dans un avion

飛機登機廣播

MP3-01

聽聽看 ▶ 先聽一次MP3，將聽到的字打 V 。

☐ passage

☐ vol

☐ payé

☐ priés

☐ médias

☐ embarquement

☐ 502

☐ porte

回答問題 ▶ 再聽一次MP3，回答下列問題。對的打○，錯的打 X 。

(  ) ( 1 ) Le vol Air France AF512 pour Taipei va décoller dans un instant .

法國航空AF512往臺北的航班即將起飛。

(  ) ( 2 ) Les passagers de ce vol doivent faire l'enregistrement à la porte C31.

此航班的旅客們必須在C31號門進行機場報到手續。

關鍵單字

· les passagers　該航班的乘客
　　passager `n.m.`　乘客
　　passagère `n.f.`　乘客
· vol `n.m.` 飛機航班
　　* vol `n.m.` 也可能指偷竊
· se présenter (qqpt.) `v.pronom.` 出席、現身（某處）
　　se présenter　自我介紹
· porte `n.f.` 登機門 / 門
· embarquement `n.m.` 登機程序
· immédiat(e) `adj.` 馬上、立即

原文

　　Les passagers du vol Air France AF512 à destination de Taipei sont priés de se présenter à la porte C31 pour embarquement immédiat.

翻譯

　　法國航空AF512號航班飛往臺北的旅客們請立即前往登機門 C31進行登機程序。

實用句型

（1）**qqn. être prié(e)(s) de faire qqch.**
　　某人被請求做某事
　　⑩ Vous êtes prié de vous rendre immédiatement au guichet 3.
　　　您被請求馬上前往3號櫃檯。
　　prié (pp.m.s.) / priés (pp.m.pl.) / priée (pp.f.s.) / priées (pp.f.pl.)

（2）**qqn. devoir faire qqch.**：某人必須做某事
　　⑩ Tu dois manger plus équilibré. 你必須吃得健康點。

**動詞變化小幫手**

| DEVOIR（應該 / 必須） | RENDRE（前往 / 交回） |
|---|---|
| je dois | je rends |
| tu dois | tu rends |
| il doit | il rend |
| nous devons | nous rendons |
| vous devez | vous rendez |
| ils doivent | ils rendent |

**延伸學習**

（1）décoller v. 起飛

（2）atterrir v. 降落

（3）enregistrement n.m. 報到

（4）dans peu de temps adv. 在很短的時間內

（5）tout de suite adv. 立即馬上

（6）demander v. 詢問、要求

demander (à qqn.)(de faire qqch.) v. 要求（某人）（做某事）

# 02 Annonce du départ d'un train

火車啟程廣播

MP3-02

Le TGV Lyria 6348 à destination de Strasbourg

---

聽聽看 ▶ 先聽一次MP3，將聽到的字打 V。

☐ TJV
☐ 6348
☐ arriver
☐ destiné

☐ destination
☐ aller
☐ partir
☐ fermeture

---

回答問題 ▶ 再聽一次MP3，回答下列問題。對的打○，錯的打 X。

（ ）（1）Ce train va partir pour Strasbourg.
這是一輛將前往史特拉斯堡的火車。

（ ）（2）Il faut faire attention aux portes automatiques.
必須要小心關上的自動車門。

17

## 關鍵單字

- partir v. 離開
- prendre garde (à qqch.) / (à qqn.) v. 注意（某事物）/（某人）
- attention (à qqch.) / (à qqn.) n. 小心（某事物）/（某人）
- fermeture n.f. 關閉
- automatique adj. 自動
- départ n.m. 啟程

## 原文

Le TGV Lyria numéro six-mille-trois-cent-quarante-huit (6348) à destination de Strasbourg va partir, prenez garde à la fermeture automatique des portes.

Attention au départ !

## 翻譯

TGV莉迪亞號車次6348開往史特拉斯堡即將啟程，請注意自動關起的車門。

火車即將開動請小心！

## 實用句型

（1）**aller + 原形動詞（即將未來式 futur proche）**：即將……
　　例 Je vais voir Julien demain. 我明天要見朱利安。

（2）**attention à...**：小心……
　　例 Attention aux voitures ! 小心車！

**動詞變化小幫手**

| ALLER（去／過得） | PRENDRE（搭乘／拿／點／吃） |
|---|---|
| je vais | je prends |
| tu vas | tu prends |
| il va | il prend |
| nous allons | nous prenons |
| vous allez | vous prenez |
| ils vont | ils prennent |

**延伸學習**

（1）ouverture n.f. 開啟

（2）ouvrir (qqch.) v. 開啟（某事物）

（3）fermer (qqch.) v. 關閉（某事物）

（4）arriver (qqpt.) v. 抵達（某處）

（5）arrivée n.f. 抵達

（6）entrer en gare v. 火車進站

聽聽看 ▶ 先聽一次MP3，將聽到的字打 V。

□ madame

□ monsieur

□ d'abord

□ à bord

□ servira

□ part

□ rappelons

□ compostés

回答問題 ▶ 再聽一次MP3，回答下列問題。對的打○，錯的打 X。

（　）（ 1 ）Ce train passera par Nîmes sans s'arrêter.
　　　　　　這班車只會經過尼姆並不停靠。

（　）（ 2 ）Il est obligatoire de composter les billets.
　　　　　　車票必須打票。

### 關鍵單字

- mesdames `n.f.pl.` 女士們
  madame `n.f.s.` 女士
- messieurs `n.m.pl.` 先生們
  monsieur `n.m.s.` 先生
- bienvenue à bord `n.` 歡迎搭乘
- desservir `v.` 停靠服務
- avant `prép.` 在……之前
- accès `n.m.` 進入

### 原文

　　Mesdames, messieurs, bienvenue à bord du TER à destination de Narbonne, il partira à dix-huit heures dix (18h10) et desservira les gares de Nîmes, Montpellier, Sète et Narbonne. Nous vous rappelons que les billets doivent être compostés avant l'accès au train.

### 翻譯

　　各位女士先生，歡迎搭乘前往拿邦的TER列車，此班列車將於18點10分啟程，並停靠尼姆、蒙彼利埃、賽特與拿邦各站。提醒您上車前車票必須打票（過打票機）。

### 實用句型

（1）**...être + 過去分詞**：被動語氣
　　例 Les billets sont compostés. 票都打票過了。
　　　 Les pâtes sont cuites. 麵都熟了。

（2）**nous vous rappelons que...**：（我們）提醒您……
　　例 Nous vous rappelons que vous devez être muni d'un titre de transport valide.
　　　 （我們）提醒您必須持有有效的交通票券乘車。

**動詞變化小幫手**

| ÊTRE（是） | RAPPELER（提醒） |
|---|---|
| je suis | je rappelle |
| tu es | tu rappelles |
| il est | il rappelle |
| nous sommes | nous rappelons |
| vous êtes | vous rappelez |
| ils sont | ils rappellent |

**延伸學習**

（1）titre de transport n.m. 交通票券

（2）muni(e) de (qqch.) adj. 持有（某物）

（3）validé(e) adj. 被認可的、通過驗證的（動詞valider的p.p.）

（4）valable adj. 有效的

（5）contrôle n.m. 查驗

（6）contrôleur n.m. 查驗人員
　　contrôleuse n.f.

# 04 Annonce de trafic perturbé dans le métro

地鐵交通受影響廣播

MP3-04

...la ligne 2 est interrompu entre...

聽聽看 ▶ 先聽一次MP3，將聽到的字打 V。

☐ incident

☐ accident

☐ musique

☐ deux

☐ interrompu

☐ purée

☐ collaboration

☐ compréhension

回答問題 ▶ 再聽一次MP3，回答下列問題。對的打○，錯的打 X。

（　）（1）À cause d'un incendie, le service de la ligne 2 est interrompu.
因為火災關係，2號線交通停擺。

（　）（2）Il faut attendre 18 minutes pour que la ligne 2 reprenne son service normalement.
必須等待18分鐘2號線才會恢復正常的運作。

### 關鍵單字

- suite à `n.f.` 基於……
- incident `n.m.` 意外
- interrompu(e) `adj.` 中斷（動詞interrompre的p.p.）
- entre... et... `prép.` 在……之間
- durée `n.f.` 期間
- compréhension `n.f.` 理解

### 原文

Suite à un incident technique, le service de la ligne 2 est interrompu entre les stations Place de Clichy et Père Lachaise pour une durée de 18 minutes. Merci de votre compréhension.

### 翻譯

基於故障因素，2號線在Place de Clichy站與Père Lachaise站之間的交通將會停止運作18分鐘，感謝您的諒解。

### 實用句型

（1）**à cause de + 名詞**：由於（不好的因素）……
> 例 À cause du stress au travail, je ne dors pas bien récemment.
> 因為工作壓力的關係，最近我都睡得不好。

（2）**grâce à + 名詞**：多虧（好的因素）……
> 例 Grâce à Internet, nous pouvons communiquer avec le monde entier.
> 多虧網路，我們可以和全世界溝通。

（3）**merci de + 名詞 / 原形動詞**：感謝……
> 例 Merci de votre attention. 感謝您的仔細聆聽。
> Merci d'être venu. 感謝前來。

## 動詞變化小幫手

| DORMIR（睡覺） | POUVOIR（可以／能） |
|---|---|
| je dors | je peux |
| tu dors | tu peux |
| il dort | il peut |
| nous dormons | nous pouvons |
| vous dormez | vous pouvez |
| ils dorment | ils peuvent |

## 延伸學習

（1）accident n.m. 事故

（2）panne n.f. 故障

（3）hors-service adj. 停止服務

（4）arrêté n.m. 停止

（5）suspendu(e) adj. 中斷（動詞suspendre的p.p.）

（6）reprendre v. 重新開始

... nous vous invitions à surveiller vos bagages ...

聽聽看 ▶ 先聽一次MP3，將聽到的字打 V 。

☐ attention          ☐ surveiller

☐ sécurité           ☐ bagages

☐ compter            ☐ garder

☐ essuyer            ☐ abandonné

回答問題 ▶ 再聽一次MP3，回答下列問題。對的打○，錯的打 X 。

（　）（1）Il faut faire attention aux voleurs.
　　　　　必須小心小偷。

（　）（2）Quand on voit un bagage abandonné il faut le signaler.
　　　　　當我們看到一件被遺棄的行李時必須回報。

**關鍵單字**

· sécurité n.f. 安全

· bagage n.m.s. 行李

　vos bagages 您的行李（vos：尊稱複數所有格）

· tous pron. 所有的人

· surveiller v. 監看

· garder v. 保管

· colis n.m. 包裹

· suspect(e) adj. 可疑的

**原文**

Attentifs ensemble.

Pour la sécurité de tous, nous vous invitons à surveiller vos bagages et à les garder près de vous.

N'hésitez pas à nous signaler tout colis suspect.

**翻譯**

請注意。

為了各位乘客安全，請您看緊自己的行李並且將行李放在臨近自己的地方。

不要猶豫請馬上提報可疑的包裹。

**實用句型**

（1）**nous vous invitons à...**：請您……

　　例 Nous vous invitons à consulter le site "sncf.com".
　　請您參閱法國國鐵SNCF的網站。

（2）**ne...pas**：不要……（祈使句用法Impératif）

　　例 Ne fumez pas ici. 不要在這裡抽菸。

**動詞變化小幫手**

| FUMER（抽菸） | GARDER（保留 / 看管） |
|---|---|
| je fume | je garde |
| tu fumes | tu gardes |
| il fume | il garde |
| nous fumons | nous gardons |
| vous fumez | vous gardez |
| ils fument | ils gardent |

**延伸學習**

（1）oublié(e) adj. 被遺忘的（動詞oublier的p.p.）

（2）sembler v. 看起來

（3）valise n.f. 行李箱

（4）danger n.m. 危險

（5）le public n.m. 大眾

（6）abandonné(e) adj. 被遺棄的（動詞abandonner的p.p.）

# 06 Prendre une correspondance

轉乘訊息

MP3-06

聽聽看 ▶ 先聽一次MP3，將聽到的字打 V。

☐ arrivés

☐ réponse

☐ voyez

☐ pouvez

☐ rassurez-vous

☐ poser

☐ oublié

☐ gare

回答問題 ▶ 再聽一次MP3，回答下列問題。對的打〇，錯的打 X。

（　）（1）Nous sommes arrivés au terminus de ce train, il ne va pas continuer à circuler.

我們已抵達這班火車的終點站，火車不會再繼續行駛。

（　）（2）Pour aller à Nantes, il faut prendre le train voie 4 départ à 19h.

要到南特，必須搭乘在4號月台19點開的火車。

- terminus `n.m.` 終點站
- voiture `n.f.` 車子、車廂
- oublier `v.` 忘記
- rien `pron.` 沒有任何
- descendre `v.` 下來、下車
- correspondance `n.f.` 轉車連接的交通

原文

　　Vous êtes arrivés à Rennes, terminus de ce train. Tous les voyageurs sont invités à descendre, assurez-vous de n'avoir rien oublié à bord. La correspondance pour Nantes se fera voie 4, départ à 18h32. Celle pour Brest se fera voie 7, départ à 19h03. Des taxis sont à votre disposition à la sortie 3.

翻譯

　　您已經抵達本列車的終點站，雷恩。所有的乘客都必須下車，請確定沒有忘記任何物品在車上。前往南特18點32分啟程的火車在4號月台；前往布雷斯特19點03分啟程的火車在7號月台。本車站在3號出口提供計程車服務。

實用句型

（1）**assurez-vous de + 原形動詞**：確定……

　　例 Assurez-vous d'avoir éteint la lumière avant de quitter la chambre.

　　離開房間前請關燈。

（2）**pouvoir + 原形動詞**：可以 / 能夠……

　　例 Vous pouvez vous renseigner à l'accueil.

　　您可以在接待處獲得諮詢。

動詞變化小幫手

| SE RENSEIGNER（獲得資訊） | VOYAGER（旅行） |
| --- | --- |
| je me renseigne | je voyage |
| tu te renseignes | tu voyages |
| il se renseigne | il voyage |
| nous nous renseignons | nous voyageons |
| vous vous renseignez | vous voyagez |
| ils se renseignent | ils voyagent |

延伸學習

（1）disposer de (qqch.) v. 取得、使用（某物）

（2）voyager v. 旅行

（3）monter v. 上去、上車

（4）quai n.m. 月台

（5）laisser (qqch.)(à qqn.) v. 留下（某物）（給某人）

（6）service n.m. 服務

# MÉMO

**BONJOUR**
LA FRANCE

Chapitre 2

# Les visites

觀　光

★ ★ ★

 聽聽看 ▶ 先聽一次MP3，將聽到的字打 V。

☐ présentation

☐ réservation

☐ en effet

☐ après-demain

☐ tes mains

☐ regarder

☐ arrière

☐ ascenseur

 回答問題 ▶ 再聽一次MP3，回答下列問題。對的打○，錯的打 X。

（　）（1）Le client va rester 3 nuits à l'hôtel.
客人將在飯店住3晚。

（　）（2）Le petit-déjeuner commence à 7h30 du matin.
早餐早上7點30分開始。

**關鍵單字**

· chambre `n.f.` 房間

· réservation `n.f.` 預約

· disponible `adj.` 可使用的

· garer `v.` 停車

· rester `v.` 停留

· étage `n.m.` 樓層

**原文**

La réceptionniste : Bonjour monsieur.

Le client : Bonjour j'ai une réservation au nom de monsieur Dupont.

La réceptionniste : Oui, vous avez la chambre 412, vous comptez rester 2 nuits, c'est bien ça ?

Le client : Oui, je pars après-demain matin, très tôt.

La réceptionniste : Vous avez une voiture ?

Le client : Oui, elle est juste devant l'hôtel.

La réceptionniste : Vous pouvez la garer dans le parking derrière l'hôtel. Le petit-déjeuner sera disponible de 6h30 à 10h30 au 2$^e$ étage dans la salle « Soleil ».

Le client : Très bien.

La réceptionniste : Voici votre clé. La chambre est au 4$^e$ étage, l'ascenseur est au fond à gauche.
Je vous souhaite un agréable séjour dans notre établissement. Si vous avez besoin de quoi que ce soit, n'hésitez pas.

Le client : Merci beaucoup. Au revoir !

La réceptionniste : Au revoir !

櫃檯小姐：先生您好。

顧客：您好，我用杜邦先生的名字預定了房間。

櫃檯小姐：沒錯，房間號碼412，您將會住2晚對不對？

顧客：是的，我後天早上很早離開。

櫃檯小姐：您開車前來的嗎？

顧客：是的，車子就在飯店門口。

櫃檯小姐：您可以將車子停在飯店後方的停車場。早餐服務的時
間是6點30分到10點30分，在2樓的太陽廳。

顧客：好的。

櫃檯小姐：這是您的鑰匙。房間在4樓，這裡走到底左邊有台電梯
可以搭。
希望您在這裡將度過美好的假期。如果有任何需要別客
氣。

顧客：很感謝您，再見！

櫃檯小姐：再見！

 實用句型

**（1）il y a + 單數 / 複數名詞：**有……

例 Il y a un chat devant la fenêtre.
有隻貓在窗前。

Il y a des gens qui font la queue au guichet.
櫃檯前有些人在排隊。

**（2）avoir besoin de + 名詞 / 原形動詞：**需要……

例 Elle a besoin d'un café pour se réveiller.
她需要一杯咖啡醒醒腦。

J'ai besoin de changer d'air.
我需要換個環境。

動詞變化小幫手

| AVOIR（有） | FAIRE（做） |
|---|---|
| j' ai | je fais |
| tu as | tu fais |
| il a | il fait |
| nous avons | nous faisons |
| vous avez | vous faites |
| ils ont | ils font |

 延伸學習

（1）gauche n.f. 左邊

（2）droite n.f. 右邊

（3）devant prép. 前面

（4）derrière prép. 後面

（5）quoi que ce soit n. 任何事

（6）qui que ce soit n. 任何人

×（2）、×（1）：題閱讀回

réservation、après-demain、ascenseur：看聽聽

習練

2 Les visites 觀光

Le Petit Parisien

聽聽看 ▶ 先聽一次MP3，將聽到的字打 V。

☐ animé

☐ à peu près

☐ faire du shopping

☐ marché

☐ conseille

☐ à pied

☐ croisement

☐ trouvez

回答問題 ▶ 再聽一次MP3，回答下列問題。對的打○，錯的打 X。

（　）（1）Il n'y a pas de bonne boulangerie dans le coin.
在這一帶沒有好的麵包店。

（　）（2）Si vous voulez passer de bonnes soirées dehors il faut aller loin.
您如果想要在外面度過精彩的夜生活必須要走很遠。

**關鍵單字**

- animé(e) adj. 熱鬧（動詞animer的p.p.）
- faire les courses v.phr. 購買日常用品、買菜
- conseiller v. 建議
- stylé(e) adj. 新潮有型的
- à pied loc.adv. 走路
- se rendre (qqpt.) v. 到（某地）

**原文**

Bienvenue chez nous ! Nous habitons dans un quartier très animé. Si vous avez besoin de faire les courses il y a 2 supermarchés sur le boulevard Ménilmontant. Pour avoir du bon pain, je vous conseille la boulangerie " Le Petit Parisien " au croisement de la rue Étienne Dolet et Julien Lacroix. Un peu plus loin d'ici, à environ 10 minutes de marche, vous trouverez beaucoup de bars branchés ainsi que de bons restaurants sur la rue Oberkampf. Pour vous rendre dans le centre, vous pouvez prendre le métro à Ménilmontant, c'est à 5 minutes à pied. Vous pouvez aussi prendre le bus numéro 23 devant l'Hôtel Grand Paris. Je vous souhaite un très bon séjour !

**翻譯**

歡迎到我們家來！我們在一個很熱鬧的地區。如果您們需要買菜或購買日常用品在梅利蒙當大道上有2家超市。若要好吃的麵包，我推薦您們位於艾帝安・多雷路與朱利安・拉瓦路交界的「小巴黎人」麵包店。從這裡大約10分鐘的路程，在奧貝坎普路上您們會看到很多新潮的酒吧還有不錯的餐廳。如果要到市中心，走路5分鐘就可以到梅利蒙當捷運站或是在大巴黎飯店前搭23號公車。祝您們度過很好的假期！

**實用句型**

**（1）conseiller à qqn. de faire qqch.：**
建議某人做某事

例 Je te conseille de visiter le musée du Louvre.
我推薦你去參觀羅浮宮。

**（2）si vous voulez + 名詞 / 原形動詞：**如果您想要……

例 Si vous voulez prendre un dessert, n'hésitez pas.
如果您想要點甜點，別客氣。

**動詞變化小幫手**

| VOULOIR（要） | SE RENDRE（去～） |
|---|---|
| je veux | je me rends |
| tu veux | tu te rends |
| il veut | il se rend |
| nous voulons | nous nous rendons |
| vous voulez | vous vous rendez |
| ils veulent | ils se rendent |

**延伸學習**

（1）branché(e) adj. 新潮的

（2）chic adj. 新潮有型的

（3）en métro / en bus / en voiture / en avion prép.
坐地鐵 / 坐公車 / 坐車 / 坐飛機

（4）dans le coin prép. 在這一帶

（5）faire du shopping v. 血拼

（6）environ adv. 大約

聽聽看：animé、conseille、croisement、à pied
回答問題：（1）×、（2）×

40

# 09 Services du musée

博物館服務

MP3-09

### 聽聽看 ▶ 先聽一次MP3，將聽到的字打 V 。

☐ compagnie

☐ comptoirs

☐ grâce à

☐ connaissances

☐ sortie

☐ ouverte

☐ nationalité

☐ partagent

### 回答問題 ▶ 再聽一次MP3，回答下列問題。對的打○，錯的打 X 。

（　）（ 1 ）C'est une annonce sur les guides audiovisuels du musée du Louvre.

這是有關羅浮宮內影音導覽的廣播。

（　）（ 2 ）C'est une visite guidée de 55 minutes.

這個導覽時間為55分鐘。

- visite guidée `n.f.` 導覽
- comptoir `n.m.` 服務台
- pièce d'identité `n.f.` 身分證件
- rendez-vous `n.m.` 約會 / 會面
- en compagnie de `prép.` 在……的陪伴下
- partager `v.` 分享

原文

　　Visiter le Louvre en compagnie d'un vrai spécialiste est désormais très simple grâce à une « visite guidée » sur Nintendo 3DS. Après votre passage en caisse, rendez-vous avec une pièce d'identité à un des comptoirs situés sous la pyramide ou à l'entrée des ailes DENON, SULLY et RICHELIEU pour retirer votre console ! Vous voilà parti pour 45 minutes de découverte en compagnie des conférenciers et des conservateurs du musée. Ils partageront avec enthousiasme leurs connaissances des œuvres et du palais qu'ils aiment tant.

翻譯

　　在專家的陪伴下參觀羅浮宮，多虧Nintendo 3DS導覽機，現在開始變得很簡單。只要帶著您的身分證件到繳費櫃檯申請，接著到金字塔下的其中一個服務台或是從側翼的德農、蘇利與黎塞留廳的入口領取機器，就可以開始長達45分鐘由學者與文物專家解說的導覽，他們會充滿熱忱地與您分享他們熟悉的博物館歷史與館藏品的豐富知識。

**實用句型**

（1）**pour + 原形動詞**：為了做某事……

例 Pour rester en forme, il est important de faire du sport.

為了保持健康，做運動很重要。

（2）**parti pour 時間 de 事情**：開始為期……的事

例 C'est parti pour 3 heures de traversée en bateau !

為時3小時的航行開始了！

**動詞變化小幫手**

| **PARTIR**（離開 / 前往） | **PARTAGER**（分享） |
| --- | --- |
| je pars | je partage |
| tu pars | tu partages |
| il part | il partage |
| nous partons | nous partageons |
| vous partez | vous partagez |
| ils partent | ils partagent |

**延伸學習**

（1）désormais `adv.` 自此之後

（2）retirer (qqch.) `v.` 提領（某物）

（3）sortie `n.f.` 出口

（4）accès `n.m.` 入口

（5）console `n.f.` 機器台

（6）expert `n.m.` 專家

# 10 Annonce dans un parc

公園廣播

**聽聽看 ▶ 先聽一次MP3，將聽到的字打 V。**

☐ mademoiselle      ☐ voler

☐ proposons      ☐ animal

☐ gratuites      ☐ cinq heures

☐ acheter      ☐ disposition

**回答問題 ▶ 再聽一次MP3，回答下列問題。對的打○，錯的打Ｘ。**

（ ）（1）Il y a des activités gratuites pour tout le monde.
有些免費活動是不分對象的。

（ ）（2）Nous pouvons apprendre à faire du roller à 15 heures.
15點的時候我們可以學溜冰。

**關鍵單字**

- proposer (qqch.) (à qqn.) v. 提議（某人）（做某事）
- gratuit(e) adj. 免費的
- tous pron. 全部的人
- louer v. 租
- apprendre v. 學習
- faire du roller v. 溜冰

**原文**

　　Mesdames, mesdemoiselles, messieurs bienvenue au parc Flora. Aujourd'hui nous vous proposons des activités gratuites pour tous. Vous pouvez louer des vélos à l'entrée du parc ou bien apprendre à faire du roller avec Julien à 15 heures. Des tables de pique-nique avec animation "Jazz" sont également à votre disposition.

**翻譯**

　　女士小姐先生們，歡迎來到弗洛拉公園。今天公園裡提供不分對象的免費活動。您可以在公園入口租借腳踏車，15點（下午3點）的時候與朱利安學習溜冰，伴有爵士音樂的野餐桌也都可以自由使用。

**實用句型**

（1）**proposer à qqn. de faire qqch.**：提議某人做某事

　　例 Je te propose de sortir en boîte ce soir, qu'est-ce que t'en dis?

　　我跟你提議今晚到夜店去，你覺得如何？

（2）**apprendre à faire qqch.**：學習做某事

　　例 Elle apprend à nager. 她在學游泳。

| APPRENDRE（學習） | LOUER（承租） |
|---|---|
| j' apprends | je loue |
| tu apprends | tu loues |
| il apprend | il loue |
| nous apprenons | nous louons |
| vous apprenez | vous louez |
| ils apprennent | ils louent |

## 延伸學習

（1）tarif n.m. 費用

（2）gratuité n.f. 免費

（3）coûter v. 花費

（4）payer (qqch.) (à qqn.) v. 付（給某人）（某物）的費用

（5）faire de la bicyclette v. 騎腳踏車

（6）disponible adj. 可使用的

# 11 Au menu aujourd'hui
餐廳菜色

MP3-11

🗼 聽聽看 ▶ 先聽一次MP3，將聽到的字打 V。

☐ plats

☐ ouvert

☐ cassoulet

☐ dimanche

☐ mousse au chocolat

☐ onze euros

☐ crème caramel

☐ régler

🗼 回答問題 ▶ 再聽一次MP3，回答下列問題。對的打〇，錯的打 X。

（　）（1）Ce restaurant est ouvert 7 jours sur 7.
這家餐廳一整個星期每天都開。

（　）（2）Si on a faim à minuit, il est encore possible d'aller manger dans ce restaurant.
如果半夜餓了，還是可以去這間餐廳吃飯。

- plat traditionnel `n.m.` 傳統餐點
- dessert `n.m.` 甜點
- ouvrir `v.` 營業、打開
- sauf `prép.` 除了
- venir (de qqpt.) `v.` （從某地）來
- se régaler `v.pronom.` 盡情享用

原文

Notre restaurant vous propose des plats traditionnels français : foie-gras, huîtres, escargots au beurre persillé, cassoulet, etc. Des desserts gourmands : fondant au chocolat, crème caramel, mille-feuille et mont-blanc.

Nous ouvrons nos portes tous les jours de 11h à 23h, sauf le dimanche. Le menu enfant est à 12 euros, venez vite vous régaler.

翻譯

我們的餐廳提供傳統的法國菜色：鵝肝、生蠔、青醬蝸牛、卡酥來砂鍋等等。還有美味的甜點：熔岩巧克力、焦糖布丁、千層派、蒙布朗。

除了星期日之外，從早上11點到晚上23點，每天都為您敞開我們餐廳的大門，兒童套餐只要12歐元，趕快來嚐嚐！

**實用句型**

（1）**tout / toute / tous / toutes**：全部的

|  | 陽性 | 陰性 |
|---|---|---|
| 單數 | tout | toute |
| 複數 | tous | toutes |

例 Tout le monde a un smartphone aujourd'hui.

今日每個人都有一支智慧型手機。

Il fait du sport tous les jours.

他每天都運動。

Je pense à lui toute la journée.

我一整天都想著他。

Nous n'avons rien fait de toutes les vacances.

我們整個假期什麼都沒做。

（2）**le +** 星期□＝**tous les** 星期□：每個星期□

例 J'ai cours de français le jeudi.

= J'ai cours de français tous les jeudis.

我每個星期四都有法文課。

**動詞變化小幫手**

| OUVRIR（打開） | PROPOSER（建議） |
|---|---|
| j' ouvre | je propose |
| tu ouvres | tu proposes |
| il ouvre | il propose |
| nous ouvrons | nous proposons |
| vous ouvrez | vous proposez |
| ils ouvrent | ils proposent |

**延伸學習**

（1）lundi `n.m.` 星期一

（2）mardi `n.m.` 星期二

（3）mercredi `n.m.` 星期三

（4）jeudi `n.m.` 星期四

（5）vendredi `n.m.` 星期五

（6）samedi `n.m.` 星期六

回答問題： (1) × 、(2) ×

補充看：plats、cassoulet、crème caramel、dimanche

解答

# 12 Trouver son chemin

找到（正確的）路線

MP3-12

聽聽看 ▶ 先聽一次MP3，將聽到的字打 ∨。

- [ ] cherche
- [ ] traverser
- [ ] voyez
- [ ] fesse

- [ ] derrière
- [ ] n'importe quoi
- [ ] d'abord
- [ ] je t'en prie

回答問題 ▶ 再聽一次MP3，回答下列問題。對的打○，錯的打 ╳。

（　）（1）La touriste demande le chemin pour aller à la tour
Saint-Jacques.
這位觀光客詢問到聖傑克鐘塔的路徑。

（　）（2）Il faut marcher pendant une dizaine de minutes pour
se rendre à destination.
要到目的地需要走十幾分鐘的路。

關鍵單字

- chercher (qqch.) / (qqn.) v. 尋找（某事物）/（某人）
- traverser v. 穿越
- tourner v. 轉向
- continuer (qqch.) v. 繼續（某事物）
- voir (qqch.) / (qqn.) v. 看見（某事物）/（某人）
- vous y êtes express. 你就到了

原文

La touriste : Bonjour monsieur, je cherche le centre Pompidou.

Le passager : Bonjour madame, pour le centre Pompidou c'est simple. D'abord vous devez traverser le pont Notre-Dame, ensuite continuez tout droit jusqu'à la rue de Rivoli. Avant d'y arriver vous pourrez voir la tour Saint-Jacques. Tournez à droite et continuez sur la rue de Rivoli puis après 2 minutes prenez la rue du Renard sur votre gauche. Marchez tout droit 5 à 10 minutes et vous arriverez derrière le centre Pompidou. Prenez la rue qui est devant le bâtiment à gauche, rapidement vous allez voir une grande place, c'est la place Georges Pompidou, vous y êtes.

La touriste : D'accord, donc, d'abord traverser le pont Notre Dame, puis prendre la rue de Rivoli et ensuite la rue du Renard, c'est ça ?

Le passager : Exact ! C'est ça !

La touriste : Merci beaucoup, bonne journée à vous !

Le passager : Je vous en prie, bonne journée !

### 翻譯

觀光客：先生您好，請問到龐畢度中心要怎麼去？

路人：您好，女士。到龐畢度中心很簡單。首先您必須穿越聖母院橋，然後直走到里沃利路。走到前，會看聖傑克鐘塔，右轉繼續走在里沃利路上2分鐘左右，左轉狐狸街直走5到10分鐘，您就會到達龐畢度中心後側，在龐畢度建築物前的那條路左轉，那就是喬治龐畢度廣場了，您就到了。

觀光客：好的，所以，首先穿越聖母院橋，然後里沃利路接著狐狸街，對吧？

路人：沒錯！就是這樣！

觀光客：感謝您，祝您有美好的一天！

路人：不客氣，祝你有美好的一天！

### 實用句型

**（1）impératif－vous：**

祈使句vous用法（動詞變化大部分與直陳式vous相同，être和avoir例外）

例 Prenez la rue du Renard！走狐狸路。

Venez boire un verre！來喝一杯！

Soyez vigilant！請提高警覺！

N'ayez pas peur！別害怕！

**（2）vous y êtes.**：您就到了。

例 J'y suis. 我到了。

Tu y es. 你到了。

Il y est. 他到了。

Elle y est. 她到了。

Nous y sommes. 我們到了。

Vous y êtes. 你們 / 您們 / 您到了。

Ils y sont. 他們到了。

Elles y sont. 她們到了。

| VOIR（看見） | DEMANDER（詢問） |
|---|---|
| je vois | je demande |
| tu vois | tu demandes |
| il voit | il demande |
| nous voyons | nous demandons |
| vous voyez | vous demandez |
| ils voient | ils demandent |

延伸學習

（1）en face de `prép.` 在……對面

（2）c'est exact ? `express.` 是這樣嗎？

（3）longer le quai `v.` 沿著河岸

（4）repère `n.m.` 標的物

（5）tomber (sur qqch. / qqn.) `v.` 遇見、撞見（某事物 / 某人）

（6）trouver `v.` 找到；覺得

○（2）、×（1）：題問頁回
d'abord、derrière、traverser、cherche：詞填頁翻

頁翻

# 13 Acheter des timbres

購買郵票

MP3-13

聽聽看 ▶ 先聽一次MP3，將聽到的字打 V。

☐ aimerais

☐ acheter

☐ envoyer

☐ tombe

☐ envois

☐ Bureau de travail

☐ salade

☐ pratique

回答問題 ▶ 再聽一次MP3，回答下列問題。對的打〇，錯的打 X。

（　）（1）L'homme veut acheter des timbres.
這個男人要買郵票。

（　）（2）Parfois dans les bureaux de tabac on ne trouve pas de timbre pour les envois à l'étranger.
有時候在菸酒專賣店很可能買不到國際郵票。

關鍵單字

- carte postale n.f. 明信片
- bureau de tabac n.m. 菸酒專賣店
- compliqué(e) adj. 複雜的（動詞compliquer的p.p.）
- poste n.f. 郵局
- vendre (qqch.) (à qqn.) v. 賣（某物）（給某人）
- timbre n.m. 郵票
- automate n.m. 機器

原文

La réceptionniste : Bonjour monsieur.

Le client : Bonjour madame, j'aimerais savoir où est-ce qu'on peut acheter des timbres pour envoyer des cartes postales ?

La réceptionniste : Ce n'est pas compliqué, vous pouvez en acheter à la poste et aussi dans les bureaux de tabac.

Le client : Oh ? Dans les bureaux de tabac ? Ils vendent des timbres pour des envois à l'étranger ?

La réceptionniste : Oui, mais pas tous je crois, vous pouvez leur demander. Par contre à la poste, c'est sûr que vous en trouverez, vous pouvez en acheter au guichet ou sur un automate.

Le client : C'est pratique ! Merci beaucoup !

La réceptionniste : Je vous en prie.

**翻譯**

接待小姐：先生您好。

顧客：女士您好，我想要知道哪裡可以買到寄明信片的郵票？

接待小姐：這個不難，您可以在郵局和菸酒專賣店買到。

顧客：喔？菸酒專賣店？他們也有賣國際郵票？

接待小姐：有的，但是我想不是每間都有，您可以問問他們。但
是到郵局去，保證您一定買得到，您可以到櫃檯買，
也可以在販賣機購買。

顧客：很方便！感謝您！

接待小姐：不客氣！

**實用句型**

（1）**J'aimerais + 原形動詞＝Je voudrais + 原形動詞：**

我希望 / 想要……（條件式conditionnel）

例 J'aimerais visiter les châteaux de la Loire.

我想要參觀羅亞爾河的城堡。

（2）**demander qqch. à qqn.：**詢問某人某事

例 Il demande à la réceptionniste où se trouvent les toilettes.

他問櫃檯人員廁所在哪裡。

**動詞變化小幫手**

| ENVOYER（寄） | VENDRE（販賣） |
|---|---|
| j' envoie | je vends |
| tu envoies | tu vends |
| il envoie | il vend |
| nous envoyons | nous vendons |
| vous envoyez | vous vendez |
| ils envoient | ils vendent |

 **延伸學習**

（1）expédier (qqch.) (à qqn.) v. 寄送（某物）（給某人）

（2）expéditeur n.m. 寄件人

（3）destinataire n.m. 收件人

（4）acheter (qqch.) (à qqn.) v. 買（某物）（給某人）

（5）distributeur de billets n.m. 提款機

（6）boîte aux lettres n.f. 郵筒

○（2）、○（1）：題例答回
pratique、envois、envoyer、acheter、aimerais：看翻牛小
語法

58

BONJOUR
LA FRANCE

Chapitre 3

# Acheter / Consommer

## 購物 / 消費

商店營業時間                                          MP3-14

Le magasin est fermé le dimanche.

---

**聽聽看 ▶ 先聽一次MP3，將聽到的字打 ∨。**

☐ magazine                    ☐ ouvert

☐ magasin                     ☐ accueillons

☐ trente minutes              ☐ fermeture

☐ acheter                     ☐ midi

---

**回答問題 ▶ 再聽一次MP3，回答下列問題。對的打〇，錯的打 ✗。**

（　）（1）Il faut se dépêcher de payer car le magasin va fermer dans 15 minutes.
必須要趕快結帳，因為商店再15分鐘後關門。

（　）（2）Le samedi matin ce magasin est ouvert.
星期六早上商店有營業。

**關鍵單字**

· magasin `n.m.` 商店

· fermer (qqch.) `v.` 關（某物）

· payer (qqch.) (à qqn.) `v.` 付（給某人）（某物）的費用

· produit `n.m.` 產品

· accueillir `v.` 接待

· midi `n.m.` 中午

· afin de `prép.` 為了

**原文**

Mesdames, messieurs, notre magasin ferme ses portes dans 20 minutes, merci de vous diriger vers les caisses afin de payer vos articles. Nous vous accueillons du lundi au vendredi de 10 heures à 20 heures et le samedi de midi à 20 heures. Le magasin est fermé le dimanche. Nous vous souhaitons un bon weekend.

**翻譯**

女士先生們，我們的商店將在20分鐘後關門，煩請到櫃檯將您的商品結帳。本店星期一到星期五的早上10點到20點、星期六中午到20點誠摯歡迎您蒞臨，星期日沒有營業。祝您有個美好的週末。

**實用句型**

（1）**merci de + 原形動詞**：感謝……

例 Merci d'être venu, ça nous fait tellement plaisir.
感謝前來，我們真的很開心。

（2）**de... à...**：從……到……

例 Je travaille du lundi au vendredi.
星期一到星期五我都工作。

On met 2 heures de Taipei à Taichung en train.
從臺北到臺中坐火車需2小時。

**動詞變化小幫手**

| METTRE（放） | SE DÉPÊCHER（加快腳步） |
|---|---|
| je mets | je me dépêche |
| tu mets | tu te dépêches |
| il met | il se dépêche |
| nous mettons | nous nous dépêchons |
| vous mettez | vous vous dépêchez |
| ils mettent | ils se dépêchent |

**延伸學習**

（1）article n.m. 一件商品

（2）régler (qqch.) v. 清算（某事／某物）

（3）ouvrir (qqch.) v. 打開（某物）

（4）horaires d'ouverture n.m.pl. 營業時間

（5）fermeture n.f. 關閉

（6）recevoir (qqch.) / (qqn.) v. 接收、接待（某物）／（某人）

回家作業：（1）×、（2）×

聽聽看：magasin、accueillons、midi

解答

# 15 Faire les courses au marché

## 在市場購物

MP3-15

---

🗼 **聽聽看 ▶ 先聽一次MP3，將聽到的字打 V。**

☐ écouter

☐ paquet

☐ flûte

☐ a l'air bon

☐ goûter

☐ regrettez

☐ beaux

☐ dois

---

🗼 **回答問題 ▶ 再聽一次MP3，回答下列問題。對的打○，錯的打 X。**

（ ）（1）La femme a goûté des fraises.

這個女人嚐了一些草莓。

（ ）（2）Elle paye 40 euros pour les oranges siciliennes.

她花了40歐元買西西里橘子。

關鍵單字

- beau `adj.m.s.` 好看的
  beaux `adj.m.pl.`
  belle `adj.f.s.`
  belles `adj.f.pl.`
- avoir l'air `v.` 看起來
- vrai(e) `adj.` 真的
- cher `adj.m.` 貴的
  chère `adj.f.`
- faire confiance (à qqch.) / (à qqn.) `v.` 信任（某事物）/（某人）
- devoir `v.` 應該給付

原文

Le marchand : Venez voir ! Venez goûter ! Les fruits sont superbes aujourd'hui ! Bonjour mademoiselle.

La mademoiselle : Bonjour monsieur, c'est vrai qu'ils sont beaux ! Qu'est-ce qu'elles sont belles ces fraises ! Elles sont à quel prix ?

Le marchand : 10 euros la barquette. Prenez une fraise et goûtez-là !

La mademoiselle : Mmm c'est bon, je prends 2 barquettes. Vous avez aussi des ananas. Ils ont l'air bon !!

Le marchand : Non seulement ils ont l'air bon, mais ils le sont vraiment ! Prenez-en un !

La mademoiselle : J'aimerais bien, mais c'est un peu cher...

Le marchand : Non, il ne faut pas exagérer, c'est le juste prix. Une fois que vous y aurez goûté, vous ne le regretterez pas !

La mademoiselle : Bon, je vous fais confiance, un ananas alors !

Le marchand : Vous aimez aussi les oranges siciliennes ?

La mademoiselle : Oui, j'adore ça ! Mais c'est suffisant pour moi aujourd'hui ! Combien je vous dois ?

Le marchand : Alors, ça fait 27.40 euros au total, s'il vous plaît.

 **翻譯**

水果販：來看看！來嚐嚐！今天的水果都很讚！小姐您好。

小姐：先生您好，這些水果看起來的確都很棒。這些草莓好漂亮！怎麼算？

水果販：草莓一盒10歐元。拿一顆草莓嚐嚐看！

小姐：嗯真好吃，我拿2盒，您也有鳳梨，看起來也很好吃。

水果販：它們不只看起來好吃，也真的很好吃！拿一個？

小姐：我想呀，但是有點貴……

水果販：沒有吧，不要講得這麼誇張，現在的市場價格就是這樣。一旦您吃了，您就絕對不會後悔！

小姐：好吧，我相信您，那就買一個。

水果販：您喜歡西西里橘子嗎？

小姐：我超愛的，但是今天我買得夠多了。我要給您多少錢？

水果販：總共27.40歐元，麻煩您。

 **實用句型**

（1）**avoir l'air + 形容詞**：看起來……

　　例 Tu as l'air fatigué. 你看起來有點累。

（2）**non seulement... mais aussi...**：不僅……，也……

　　例 La France est réputée non seulement pour la mode mais aussi pour sa gastronomie.

　　法國不僅時尚有名，美食也有名。

| VENIR（來） | EXAGÉRER（誇大） |
| --- | --- |
| je viens | j' exagère |
| tu viens | tu exagères |
| il vient | il exagère |
| nous venons | nous exagérons |
| vous venez | vous exagérez |
| ils viennent | ils exagèrent |

延伸學習

（1）suffisant(e) `adj.` 足夠的

（2）exagéré(e) `adj.` 誇張的（動詞exagérer的p.p.）

（3）barquette `n.f.` 盒

（4）délicieux `adj.m.` 可口的
　　délicieuse `adj.f.`

（5）bon marché `adj.` 便宜的

（6）juste `adj.` 剛剛好的

# 16 Promotion au supermarché

超市促銷

MP3-16

Supercool vous offre une réduction de 50%.

聽聽看 ▶ 先聽一次MP3，將聽到的字打 ∨。

☐ chers

☐ jusqu'à

☐ offrir

☐ réduction

☐ 55%

☐ légumes

☐ goûts

☐ exceptionnelle

回答問題 ▶ 再聽一次MP3，回答下列問題。對的打○，錯的打 Ⅹ。

（　）（1）C'est une promotion sur les yaourts qui est valable jusqu'à 16 heures.

這是一個到16點都還有效的優格促銷活動。

（　）（2）Si nous achetons des yaourts après 16 heures, nous pouvons profiter d'une réduction de 50%.

如果16點過後買優格，我們可以有百分之50的折扣。

## 關鍵單字

- offrir (qqch.) (à qqn.) **v.** 贈送（某物）（給某人）
- réduction **n.f.** 折扣
- rayon **n.m.** 商品區
- crèmerie **n.f.** 乳製品
- goût **n.m.** 喜好；口味
- profiter (de qqch.) **v.** 享受；把握（某事）

## 原文

Chers clients, aujourd'hui jusqu'à 16 heures votre magasin SuperCool vous offre une réduction de 50% sur les yaourts aux fruits. Venez vite au rayon crèmerie pour goûter nos yaourts à la fraise, à la pêche, à la myrtille, il y en a pour tous les goûts, venez vite profiter de cette offre exceptionnelle !

## 翻譯

親愛的顧客，今天到16點（下午4點）超級酷商店的水果優格將有百分之50的折扣，趕快到乳製品區嚐嚐草莓優格、蜜桃優格、藍莓優格，所有的口味都有，趕快把握這個難得的折扣！

## 實用句型

（1）**profiter de...**：享受 / 趁機……

> 例 Je profite des rares moments de solitude que l'on peut avoir de nos jours.
> 我享受現今社會難得的獨處時光。

（2）**offrir qqch. à qqn.**：贈送某物給某人

> 例 Mes parents m'ont offert un voyage en France pour mon anniversaire.
> 我的父母送我一趟法國旅遊當生日禮物。

**動詞變化小幫手**

| **OFFRIR**（贈送） | **SAISIR**（把握） |
|---|---|
| j' offre | je saisis |
| tu offres | tu saisis |
| il offre | il saisit |
| nous offrons | nous saisissons |
| vous offrez | vous saisissez |
| ils offrent | ils saisissent |

**延伸學習**

（1）Il y en a. `express.` 有要的東西。

（2）Il n'y en a plus. `express.` 沒有要的東西了（賣完了）。

（3）promotion `n.f.` 促銷活動

（4）saisir (qqch.) `v.` 把握（某事）

（5）faire profiter (qqn.) (de qqch.) `v.` 讓（某人）享受（某事）

（6）charcuterie `n.f.` 加工肉品類

# 17 Promotion dans un magasin
## 商店促銷廣告

聽聽看 ▶ 先聽一次**MP3**，將聽到的字打 V。

- ☐ 30%
- ☐ maillots de bain
- ☐ scandale
- ☐ moins

- ☐ cadeau
- ☐ acheter
- ☐ surprise
- ☐ promotions

回答問題 ▶ 再聽一次**MP3**，回答下列問題。對的打○，錯的打╳。

（　）（1）Nous pouvons avoir de très bons prix sur tous les articles.
　　　　　　所有的商品都有好價格。

（　）（2）On gagne un cadeau surprise si on achète 2 produits identiques.
　　　　　　如果我們買2個同樣的商品會有驚喜小禮物。

## 關鍵單字

- maillot de bain n.m. 泳衣
- sandale n.f. 涼鞋
- article n.m. 商品、物品
- moins adv. 少
- bénéficier (de qqch.) v. 享有（某事物的）優惠
- surprise n.f. 驚喜

## 原文

　　Chers clients, aujourd'hui votre magasin Sexy vous offre une réduction de 30% sur les maillots de bain et moins 25% sur les sandales. Pour l'achat de deux articles identiques, vous pouvez bénéficier de 40% de réduction et d'un cadeau surprise ! Venez vite profiter de nos promotions exceptionnelles !

## 翻譯

　　親愛的顧客，今天我們性感商店的泳衣將有百分之30的折扣，涼鞋百分之25的折扣，而且同樣商品第二件不但可以有百分之40的折扣還有驚喜小禮物！趕緊前來把握這個難得的促銷！

## 實用句型

（1）**faire profiter qqn. de qqch.**：讓某人享受某事
　　例 Je vais faire profiter ma mère de ma réduction clientèle.
　　　我讓我媽媽享受我的顧客折扣。

（2）**si + 現在式，未來式**：如果……，就會……
　　例 Si tu manges trop, tu grossiras / tu vas grossir.
　　　如果你吃太多，你就會變胖。

| **GROSSIR**（變胖） | **PROFITER**（把握機會／享受） |
|---|---|
| je grossis | je profite |
| tu grossis | tu profites |
| il grossit | il profite |
| nous grossissons | nous profitons |
| vous grossissez | vous profitez |
| ils grossissent | ils profitent |

延伸學習

（1）rabais `n.m.` 降價

（2）faire cadeau de qqch. `v.phr.` 送某物當禮物

（3）parasol `n.m.` 海灘傘

（4）plage `n.f.` 海灘

（5）marchandise `n.f.` 商品

（6）en solde `adj.` 打折中

# 18 Offre spéciale à la salle de sport

健身中心促銷

MP3-18

聽聽看 ▶ 先聽一次MP3，將聽到的字打 ∨。

☐ faire du sport      ☐ natation

☐ jeune      ☐ piscine

☐ musculation      ☐ séance

☐ danser      ☐ auprès

回答問題 ▶ 再聽一次MP3，回答下列問題。對的打○，錯的打 Ⅹ。

（　）（1）California Gym ouvre de 8 heures à 22 heures 7 jours sur 7.

加州健身中心營業時間是每天的8點到22點

（　）（2）Si je m'inscris maintenant je pourrai obtenir une réduction de 30%.

如果我現在註冊報名可以享受百分之30的折扣。

## 關鍵單字

- salle de sport `n.f.` 健身中心
- cours `n.m.` 課程
- nager `v.` 游泳
- piscine `n.f.` 游泳池
- s'inscrire `v.` 註冊報名
- également `adv.` 也
- musculation `n.f.` 肌力訓練

## 原文

Vous voulez faire du sport ? Votre salle de sport California Gym est ouverte tous les jours de 8 heures à 22 heures au 25, rue Pascal. Vous pouvez prendre des cours de musculation, de danse et de yoga. Vous pouvez nager dans notre piscine et également profiter du sauna après le sport. Venez vite vous inscrire, en ce moment il y a 30% de réduction.

## 翻譯

您想要運動嗎？位於巴斯卡路25號的加州健身房每天8點到22點都營業。您可以參加健身課、舞蹈課、瑜伽課。您可以在我們的游泳池游泳，也可以在運動後給自己來一個桑拿浴。趕快來報名，現在報名可以享有百分之30的優惠。

## 實用句型

（1）**s'inscrire à**：報名 / 註冊……

例 Elle s'est inscrite au cours de français hier.
她昨天報名了法文課。

（2）**se faire + 名詞**：給自己做……

例 Je me fais plaisir. 我讓自己開心。（小確幸）

動詞變化小幫手

| 直陳式現在時態<br>présent | 直陳式過去動作時態<br>passé composé |
|---|---|
| **s'inscrire** | **s'inscrire** |
| je m'inscris | je me suis inscrit(e) |
| tu t'inscris | tu t'es inscrit(e) |
| il s'inscrit | il s'est inscrit |
| nous nous inscrivons | elle s'est inscrite |
| vous vous inscrivez | nous nous sommes inscrit(e)s |
| ils s'inscrivent | vous vous êtes inscrit(e)(s) |
| | ils se sont inscrits |
| | elles se sont inscrites |

延伸學習

（1）bénéficier (de qqch.) v. 受益（某事）

（2）garder la ligne v. 保持身材

（3）rester en forme v. 保持健康

（4）faire de la gymnastique v. 做體操

（5）faire de la natation v. 游泳

（6）faire du yoga v. 做瑜伽

○（2）○、○（1）○：題閱回

piscine、musculation、sport du faire：看看聽

聲答

# 19 Récupérer un produit au SAV(service après-vente)

售後服務中心取貨通知

**聽聽看** ▶ 先聽一次**MP3**，將聽到的字打 V 。

☐ venir

☐ trouver

☐ réussi

☐ portable

☐ écran

☐ récupérer

☐ sauf

☐ rappelez-moi

**回答問題** ▶ 再聽一次**MP3**，回答下列問題。對的打○，錯的打╳。

( )（1）C'est un message pour informer le client qu'il peut venir récupérer son ordinateur au magasin.

這是一則通知客戶到店裡來領取他的電腦的訊息。

( )（2）On peut joindre Marc Leblanc au 01 22 81 42 99.

我們可以打01 22 81 42 99聯絡到馬克・樂布藍。

### 關鍵單字

- réussir (à faire qqch.) `v.` 成功（做到某事）
- remplacer (qqch.) `v.` 更換（某物）
- écran `n.m.` 螢幕
- cassé(e) `adj.` 破損的
- donnée `n.f.` 資料
- récupérer (qqch.) `v.` 取回（某物）
- SAV (service après-vente) `n.m.` 售後服務中心

### 原文

Allô, boujour monsieur, je suis Marc Leblanc du magasin TECNO rue des Halles, vous pouvez venir récupérer votre ordinateur. Nous avons réussi à remplacer votre écran cassé, par contre nous n'avons pas pu récupérer vos données. Notre magasin est ouvert de 10 heures à 19 heures tous les jours sauf le mardi, en cas de problème, appelez-moi au 01 28 81 42 99.

### 翻譯

喂，先生你好，我是德亞樂路上的TECNO商店的馬克‧樂布藍，您可以來領取您的電腦了，我們成功地更換破損的螢幕，但是我們卻沒辦法成功救回你的資料。我們的店除了星期二，每天都從10點到19點營業，如果有任何問題，請打電話聯絡我：01 28 81 42 99。

### 實用句型

（1-1）**réussir + 名詞**：成功某事

> 例 J'ai réussi l'examen de français DELF B1.
> 我成功通過法文德福B1的考試。

**（1-2）réussir à + 原形動詞：**成功做到……

　　例 Il a réussi à perdre du poids.

　　　　他成功減重。

**（2）arriver à + 原形動詞：**達到 / 做得到

　　例 Je n'arrive pas à parler en public.

　　　　我沒辦法在眾人面前說話。

 動詞變化小幫手

| RÉUSSIR（成功） | JOINDRE（聯絡上） |
|---|---|
| je réussis | je joins |
| tu réussis | tu joins |
| il réussit | il joint |
| nous réussissons | nous joignons |
| vous réussissez | vous joignez |
| ils réussissent | ils joignent |

 延伸學習

（1）sauver (qqch.) / (qqn.) `v.` 挽救（某事）/（某人）

（2）en revanche `loc.adv.` 然而

（3）joindre (qqn.) `v.` 聯絡上（某人）

（4）réparer (qqch.) (à qqn.) `v.` （為某人）修理（某物）

（5）contacter (qqn.) `v.` 連絡（某人）

（6）passer un examen `v.phr.` 參加考試

回家作業：（1）○、（2）×

聽聽看：venir、réussi、écran、récupérer、sauf

解答

# 20 Demander un article spécifique

詢問所需物品

MP3-20

聽聽看 ▶ 先聽一次 **MP3**，將聽到的字打 V。

- ☐ appareil photo
- ☐ achète
- ☐ cherche
- ☐ transférer

- ☐ documents
- ☐ saturée
- ☐ l'affaire
- ☐ lecteur

回答問題 ▶ 再聽一次 **MP3**，回答下列問題。對的打○，錯的打 X。

（　）（1）La dame a un problème pour transférer les photos sur son ordinateur.

這位太太有把照片轉到電腦的困擾。

（　）（2）La dame a finalement acheté un câble et un lecteur de carte mémoire.

這位太太最後買了一條轉接線與一個讀卡機。

· câble `n.m.` 轉接線

· modèle `n.m.` 款式

· connecter (qqch.) (à qqch.) `v.` 連結（某物）（到某物）

· appareil photo `n.m.` 照相機

· transférer (qqch.) `v.` 轉移（某物）

· lecteur de carte `n.m.` 讀卡機

 原文

La cliente : Bonjour monsieur, je cherche un câble pour connecter mon appareil photo à mon ordinateur.

Le vendeur : Quel est le modèle de votre appareil photo ?

La cliente : Olympus Pen L10.

Le vendeur : D'accord, je vais vous chercher ça, un instant s'il vous plaît.

La cliente : Merci.

Le vendeur : Excusez-moi madame, mais on n'a plus ce modèle de câble en stock. C'est pour transférer des photos sur votre ordinateur?

La cliente : Oui, j'ai oublié d'emporter mon câble avant de venir en France et ma carte mémoire est bientôt pleine...

Le vendeur : Ne vous inquiétez pas madame, vous pouvez acheter un lecteur de carte mémoire que vous brancherez directement sur votre ordinateur, ça fera aussi l'affaire !

La cliente : Ah oui ! Je n'y avais pas pensé, que je suis bête ! Allez, je vais donc vous prendre un lecteur de carte mémoire.

Le vendeur : Très bien, ça fait 10 euros, s'il vous plaît.

**翻譯**

顧客：先生您好，我在找可以連結照相機與電腦的轉接線。

店員：您的照相機是什麼型號？

顧客：Olympus Pen L10。

店員：好的，我找找看，等一下。

顧客：謝謝

店員：不好意思太太，我們已經沒有這款轉接線的庫存了。請問是要將照片轉到電腦上嗎？

顧客：是的，我忘了帶轉接線來法國，而且我的記憶卡好像快滿了……

店員：別擔心太太，您可以買一個讀卡機接到電腦上，也是可以的！

顧客：對哦！我都沒想到，真是很蠢！好，那我就跟你買一個讀卡機了。

店員：好的，這樣是10歐元，麻煩您。

**實用句型**

（1）**penser à...**：想著……

・情況一：penser à 事物 → 用Y取代

例 A: Tu penses au projet dont Marie t'a parlé ?
你想著瑪麗跟你說的那個計劃嗎？

B: Oui, j'y pense. 是的，我想著這件事。
Non, je n'y pense pas. 不是，我沒想這件事。

・情況二：penser à 人 → 只能用moi、toi、lui、elle、nous、vous、eux、elles取代

例 A: Tu penses à John ? 你想著尚？

B: Oui, je pense à lui. 是的，我想著他。

（2）**que + 主詞 + être + 形容詞**：某人多麼地……

例 Que tu es belle ! 妳好美！

動詞變化小幫手

| S'INQUIÉTER（擔心） | CHERCHER（尋找） |
|---|---|
| je m'inquiète | je cherche |
| tu t'inquiètes | tu cherches |
| il s'inquiète | il cherche |
| nous nous inquiétons | nous cherchons |
| vous vous inquiétez | vous cherchez |
| ils s'inquiètent | ils cherchent |

 延伸學習

（1）laisser (qqch.) (à qqn.) v. 留（某物）（給某人）

（2）plein(e) adj. 滿的

（3）ne vous en faites pas. express. 別擔心。

（4）ça fait l'affaire. express. 可行的。

（5）stupide adj. 笨的

（6）espace n.m. 空間

# 21 Moyen de paiement

付費方式

MP3-21

聽聽看 ▶ 先聽一次MP3，將聽到的字打 V。

☐ chemisier      ☐ jupe

☐ pantalon      ☐ régaler

☐ robe      ☐ mettez

☐ jambe      ☐ insérez

回答問題 ▶ 再聽一次MP3，回答下列問題。對的打〇，錯的打 X。

（　）（1）La cliente a payé ses achats en liquide.

女顧客用現金支付所買的商品。

（　）（2）Le caissier a montré à la cliente où mettre la carte de crédit dans la machine.

收銀員對女顧客指出信用卡必須放在的機器的哪個部分。

- régler (qqch.) `v.` 結清（某物）
- carte de crédit `n.f.` 信用卡
- code `n.m.` 密碼
- insérer (qqch.) `v.` 插入（某物）
- retirer (qqch.) `v.` 抽出（某物）
- ticket de caisse `n.m.` 購物明細

原文

Le caissier : Bonjour madame, ce sont vos achats ?

La cliente : Oui.

Le caissier : Alors, voyons, 3 chemises, 1 pantalon, 1 jupe, 1 paire de bottes, ça fait 252.80 euros au total, s'il vous plaît. Vous voulez régler comment ?

La cliente : Avec ma carte de crédit.

Le caissier : D'accord insérez-la ici et tapez votre code, s'il vous plaît.

La cliente : D'accord, ... c'est bon !

Le caissier : Merci, vous pouvez retirer votre carte. Voici le ticket de caisse et le ticket de carte de crédit, je vous les mets dans le sac avec vos achats ?

La cliente : Oui, s'il vous plaît.

**翻譯**

收銀員：太太您好，這些是您的購買商品嗎？

顧客：是的。

收銀員：好，3件襯衫，1件長褲，1件洋裝，1雙靴子，總共
252.80歐元，麻煩您。您想要如何付費？

顧客：信用卡付費。

收銀員：好的，請將您的卡片從這裡插進去然後輸入卡片的密碼。

顧客：好的，好了。

收銀員：謝謝您，可以抽回卡片了。商品明細還有信用卡收據，
我幫您放在商品的袋子裡嗎？

顧客：好的，麻煩您了。

**實用句型**

**（1）il faut + 原形動詞**：必須……

例 Il faut faire du sport pour rester en forme.
要保持健康必須運動。

**（2）ça fait + 金額**：總共多少錢

例 Ça fait 100 euros par personne.
= Ça fait 100 euros (pour) chacun.
一人100歐元。

動詞變化小幫手

| MONTRER（指出） | INSÉRER（放入） |
|---|---|
| je montre | j' insère |
| tu montres | tu insères |
| il montre | il insère |
| nous montrons | nous insérons |
| vous montrez | vous insérez |
| ils montrent | ils insèrent |

延伸學習

（1）carte bancaire `n.f.` 金融卡

（2）facture `n.f.` 帳單

（3）mettre `v.` 放

（4）reprendre `v.` 取回

（5）chacun `pron.` 每個人

（6）montrer `v.` 指出

= BONJOUR =
LA FRANCE

**Chapitre 4**

# Se restaurer

用 餐

★ ★ ★

# 22 À la boulangerie
在麵包店

 聽聽看 ▶ 先聽一次MP3，將聽到的字打 V。

☐ désirez               ☐ sera

☐ pain au raisin       ☐ épinards

☐ croissants           ☐ moyen

☐ chouquettes        ☐ 25 euros

回答問題 ▶ 再聽一次MP3，回答下列問題。對的打○，錯的打✗。

(   ) （1）Le client a pris 3 croissants au beurre, 2 pains au chocolat, 6 chouquettes et une quiche lorraine pour 4 personnes.

顧客買了3個奶油可頌，2個巧克力麵包，6個糖粒泡芙以及1個4人份的洛林鹹派。

(   ) （2）L'employée de la boulangerie a proposé 2 sortes de quiches au client.

麵包店的員工向顧客推薦2種鹹派。

### 關鍵單字

· croissant n.m. 可頌麵包

· pain au chocolat n.m. 巧克力麵包

· chouquette n.f. 糖粒泡芙

· quiche n.f. 鹹派

· ce sera tout ? express. 還要其他的嗎？

· combien adv. 多少

### 原文

L'employée : Monsieur bonjour, que désirez-vous ?

Le client : Bonjour, je voudrais 3 croissants au beurre, 2 pains au chocolat et 6 chouquettes, s'il vous plaît.

L'employée : Oui, ce sera tout ?

Le client : Non, vous avez des quiches aussi ?

L'employée : Oui, nous avons des quiches lorraines et des quiches chèvre-épinards.

Le client : Parfait, je vais prendre une quiche chèvre-épinards.

L'employée : C'est pour combien de personnes ?

Le client : Pour 4 personnes.

L'employée : D'accord, je vous en donne une moyenne car la plus grande est pour 6 à 8 personnes.

Le client : Très bien, merci.

L'employée : Ça fait 25.30 euros, s'il vous plaît.

Le client : Voilà.

L'employée : Merci monsieur, au revoir.

Le client : Au revoir, bonne journée.

員工：先生您好，您需要什麼嗎？

顧客：您好，我想要3個奶油可頌，2個巧克力麵包還有6個糖粒泡芙，麻煩您。

員工：好的，還需要其他的東西嗎？

顧客：要，您們有鹹派嗎？

員工：有的，我們有洛林鹹派和羊乳酪菠菜鹹派。

顧客：太好了，我要一個羊乳酪菠菜鹹派。

員工：幾個人吃呢？

顧客：4個人。

員工：好的，我給您一個中尺寸的派，因為最大的是6到8人份。

顧客：好的，謝謝。

員工：總共25.30歐元，麻煩您。

顧客：在這裡。

員工：謝謝您先生，再見。

顧客：再見，祝您有美好的一天。

 實用句型

**（1）combien de + 名詞**：多少……

例 Il y a combien d'élèves dans ta classe ?

你的班級有多少學生？

**（2）la plus + 形容詞**：最……

例 La ville la plus visitée au monde est Paris.

巴黎是世界上最多人造訪的城市。

動詞變化小幫手

| **DONNER**（給予） | **SERVIR**（服務 / 提供） |
| --- | --- |
| je donne | je sers |
| tu donnes | tu sers |
| il donne | il sert |
| nous donnons | nous servons |
| vous donnez | vous servez |
| ils donnent | ils servent |

延伸學習

（1）boulangerie n.f. 麵包店

（2）viennoiserie n.f. 甜的麵包

（3）petit-four n.m. 鹹的小點心

（4）Qu'est-ce que je vous sers？ express. 您需要什麼呢？

（5）employé n.m. 雇員

（6）et avec ceci？ express. 還需要其他的嗎？

# 23 Au café
在咖啡館

聽聽看 ▶ 先聽一次**MP3**，將聽到的字打 V。

☐ soif      ☐ bière

☐ froid      ☐ jambe

☐ affamé     ☐ séparément

☐ faim      ☐ invité

回答問題 ▶ 再聽一次**MP3**，回答下列問題。對的打○，錯的打 X。

（　）（1）Le garçon a payé l'addition.
　　　　　　男生付了費用。

（　）（2）Ils ont tous les deux commandé à manger et à boire.
　　　　　　他們2人都點了吃的與喝的東西。

**關鍵單字**

- chaud(e) adj. 熱
- soif n.m. 渴
- faim n.m. 餓
- On y va ! express. 走吧！
- addition n.f. 買單
- séparément adv. 分開

**原文**

La fille : Il fait chaud aujourd'hui ! J'ai soif, pas toi ?

Le garçon : Si, j'ai faim aussi !

La fille : Allons dans un café alors !

Le garçon : OK, allons-y.

Le serveur : Bonjour messieurs-dames, qu'est-ce que vous prenez ?

La fille : Je prendrai une bière belge, s'il vous plaît.

Le garçon : Pour moi, ce sera un coca et un sandwich jambon-beurre.

Le serveur : Très bien.

...

Le garçon : Monsieur, l'addition s'il vous plaît.

Le serveur : J'arrive, vous payez ensemble ou séparément ?

La fille : Ensemble. Je t'invite !

Le garçon : Merci, c'est sympa.

La fille : C'est moi qui te remercie, tu m'as accompagnée toute la journée.

女孩：今天很熱，我好渴，你呢？

男孩：是啊，而且我也很餓！

女孩：我們找間咖啡廳吧。

男孩：走吧！

服務生：您好先生女士，請問您們要點什麼？

女孩：我點一杯比利時啤酒，麻煩您。

男孩：我要一杯可樂還有一個火腿奶油三明治。

服務生：好的。

……

男孩：先生，麻煩您給我帳單。

服務生：馬上來，您們一起付還是分開結帳？

女孩：一起付，我請你。

男孩：謝謝，你人真好。

女孩：我才要謝謝你，你陪了我一整天耶！

 實用句型

（1）**avoir + 感受名詞**：有……感覺

　例 J'ai faim. 我餓了。

　　 Tu as soif. 你渴了。

　　 Il a chaud. 他覺得熱。

　　 Nous avons froid. 我們覺得冷。

　　 Vous avez sommeil. 你們睏了。

　　 Elles ont peur. 她們害怕。

（2）**c'est + qqn. qui + 子句**：是某人……

　例 C'est Jacques qui a fait ce gâteau !

　　 是傑克做了這個蛋糕。

動詞變化小幫手

| **PAYER**（付款） | **REMERCIER**（感謝） |
|---|---|
| je paie | je remercie |
| tu paies | tu remercies |
| il paie | il remercie |
| nous payons | nous remercions |
| vous payez | vous remerciez |
| ils paient | ils remercient |

延伸學習

（1）avec `prép.` 加；跟

　　 avec des glaçons　加冰塊

（2）un demi `n.m.` 一杯生啤酒（250 c.c.）

（3）boisson `n.f.` 飲料

（4）à boire `n.express.` 喝的東西

（5）à manger `n.express.` 吃的東西

（6）commander (qqch.) (à qqn.) `v.` （跟某人）點（某物）

回答問題：（１）×、（２）×

填填看：soif、faim、bière、séparément

解答

聽聽看 ▶ 先聽一次MP3，將聽到的字打 V。

☐ apparemment

☐ bijou

☐ appétissants

☐ résistant

☐ dirait

☐ délicieuse

☐ informé

☐ légume

回答問題 ▶ 再聽一次MP3，回答下列問題。對的打○，錯的打 X。

（　）（1）Les clients ont pris 3 desserts à la fin.
顧客最後總共買了3個甜點。

（　）（2）Le chef pâtissier est un japonais qui a été étudié à Paris.
甜點師傅是一位曾在巴黎讀書的日本人。

## 關鍵單字

- appétissant(e) adj. 可口的
- pâtissier n.m. 甜點師傅
  pâtissière n.f.
- délice n.m. 人間美味
- à la fois adv. 同時
- bijou n.m. 珠寶
- envie n.f. 欲望

## 原文

L'homme : Ces desserts ont l'air appétissants !

La femme : Ouiiii ! Regarde ce mont-blanc, la pâte n'est pas comme d'habitude, on dirait qu'ils l'ont remplacée par la pâte feuilletée.

Le vendeur : Madame a raison, notre chef pâtissier Mori Yoshida est japonais il a été formé à Paris. Il combine souvent la pâtisserie française et japonaise et le résultat est comme vous pouvez le constater avec ce mont-blanc, surprenant. Au niveau du goût, c'est vraiment un délice ! À la fois léger et onctueux !

La femme : Rien qu'à vous entendre parler de ce petit bijou, on a du mal à résister.

L'homme : Tout à fait ! C'est irrésistible ! Et cette tartelette aux agrumes a l'air tellement délicieuse, elle me fait vraiment envie...

La femme : Ces boules au chocolat ont l'air bonnes aussi, ça te dirait qu'on prenne un mont-blanc, une tartelette aux agrumes et une boule au chocolat ?

L'homme : Pourquoi pas !? Allez on se fait une petite folie !

男：這些看起來好可口！

女：是啊！你看這個蒙布朗，餅皮跟普通的不一樣，看起來他用千層餅皮取代。

店員：女士說的對，我們的甜點師傅Mori Yoshida是日本人，曾在巴黎學習甜點技術，他時常結合法式甜點和日式甜點，結果就像您們所見的蒙布朗，很令人驚豔吧！就味覺上來說，真的是人間美味！清爽又很豐富的滑順口感！

女：光是聽您描述這個小珠寶（代指甜點），就難以抗拒了。

男：沒錯！根本無法抗拒！這個橙橘塔看起來很清爽，誘發我的強烈欲望……

女：這些巧克力圓球看起來也很好吃……如果我們買一個蒙布朗，一個橙橘塔與一顆巧克力球？

男：哈哈，可以啊，我們稍微放肆一下！

**實用句型**

（1）**avoir raison**：講得有理 / 對的

　　 **avoir tort**：沒有道理 / 錯的

　　 例 Il a raison sur ce point-là.
　　　　他在這一點上說得有理。

（2）**avoir du mal à**：對……沒辦法 / 有困難

　　 例 J'ai du mal à m'endormir ces derniers jours.
　　　　最近這幾天我沒辦法睡著。

**動詞變化小幫手**

| ENTENDRE（聽到） | S'ENDORMIR（入睡） |
|---|---|
| j' entends | je m'endors |
| tu entends | tu t'endors |
| il entend | il s'endort |
| nous entendons | nous nous endormons |
| vous entendez | vous vous endormez |
| ils entendent | ils s'endorment |

**延伸學習**

（1）lourd(e) adj. 不清爽；對身體負擔重的

（2）insipide adj. 沒味道的

（3）doux adj.m. 順口的
　　　douce adj.f.

（4）moelleux adj.m. 很綿軟的
　　　moelleuse adj.f.

（5）gras adj.m. 很油的
　　　grasse adj.f.

（6）agréable adj. 很爽口

回答問題：（1）○、（2）○
聽聽看：appétissants、dirait、bijou、délicieuse
解答

## 25 Au restaurant
在餐廳

聽聽看 ▶ 先聽一次MP3，將聽到的字打 V。

□ choix　　　　　　□ recommande

□ poser　　　　　　□ cuisson

□ poule　　　　　　□ poisson

□ poulet　　　　　　□ gaz

回答問題 ▶ 再聽一次MP3，回答下列問題。對的打〇，錯的打 X。

（　）（1）Les clients ont commandé un poulet du chef et une
entrecôte maître d'hôtel.
顧客點了一份主廚雞肉與招牌肋排。

（　）（2）Ils ont demandé une demi-bouteille de vin et une
bouteille d'eau pétillante.
他們點了一瓶酒（半瓶酒容量37.5厘升）和一瓶汽泡水。
註：une demi-bouteille為容量單位，約為37.5厘升。

**關鍵單字**

- choisir (qqch.) / (qqn.) `v.` 選擇（某事物）/（某人）
- poser une question `v.phr.` 提問題
- garniture `n.f.` 配菜
- cuisson `n.f.` 熟度
- à point `adv.` 五分熟
- gazeux `adj.m.` 有氣的
  gazeuse `adj.f.`

**原文**

La serveuse : Vous avez choisi ?

L'homme : Presque, j'ai une petite question à vous poser avant. Qu'est-ce que c'est le poulet du chef ?

La serveuse : C'est un poulet au vin blanc parfumé à l'ail, servi avec une purée de brocoli. Je vous le recommande.

L'homme : Bien. Je vais prendre un poulet du chef alors et toi Marie ?

Marie : L'entrecôte maître d'hôtel, qu'est-ce qu'il y a comme garniture avec ?

La serveuse : De la purée de pomme de terre.

Marie : Très bien, je vais en prendre une alors.

La serveuse : Vous voulez quelle cuisson ?

Marie : À point.

La serveuse : Et comme boisson ?

L'homme : Une demi-bouteille de Saint-Émilion et une bouteille d'eau gazeuse, s'il vous plaît.

女服務生：您們選好了嗎？

男：我有個問題要問您。請問主廚雞肉是什麼？

女服務生：是用白酒烹煮的蒜味雞肉，配上青花菜泥。我推薦這道菜。

男：好，那我點一份主廚雞肉，瑪麗妳呢？

瑪麗：一份招牌肋排，請問配菜是什麼？

女服務生：馬鈴薯泥。

瑪麗：很棒，我點一份。

女服務生：您的肋排要幾分熟？

瑪麗：五分熟。

女服務生：飲料呢？

男：1瓶（半瓶酒的容量37.5厘升）「聖埃米利永」酒以及一瓶汽泡水，麻煩您。

實用句型

（1）**avoir une question à poser à qqn.**：有問題問某人

　　例 J'ai quelques questions à poser au professeur de français.
　　　我有幾個問題要問法文老師。

（2）**comme + 名詞**：就……來說

　　例 Qu'est-ce que vous voulez prendre comme plat ?
　　　主菜的話您們要點什麼？

**動詞變化小幫手**

| CHOISIR（選擇） | CONSEILLER（建議） |
|---|---|
| je choisis | je conseille |
| tu choisis | tu conseilles |
| il choisit | il conseille |
| nous choisissons | nous conseillons |
| vous choisissez | vous conseillez |
| ils choisissent | ils conseillent |

**延伸學習**

（1）eau plate `n.f.` 無汽泡的水

（2）eau minérale `n.f.` 礦泉水

（3）saignant(e) `adj.` 2分熟

（4）bien cuit(e) `adj.` 全熟

（5）accompagnement `n.m.` 配菜

（6）conseiller (qqch.) (à qqn.) `v.` （給某人）建議（某事）

回答問題：（1）○、（2）○

聽聽看：poser、poulet、recommande、cuisson

解答

4

Se restaurer 用餐

# 26 Parler des plats

討論餐點

**聽聽看 ▶ 先聽一次MP3，將聽到的字打 V。**

☐ qu'en penses-tu ?   ☐ nickel

☐ cadre   ☐ délicieux

☐ extra   ☐ saveur

☐ exquis   ☐ régale

**回答問題 ▶ 再聽一次MP3，回答下列問題。對的打○，錯的打 X。**

( ) ( 1 ) Ils sont très satisfaits du service.
他們很滿意這間餐廳的服務。

( ) ( 2 ) Ils sont en train de manger leurs desserts.
他們正在吃他們的甜點。

## 關鍵單字

- penser [v.] 覺得
- cadre [n.m.] 整體環境
- exquis(e) [adj.] 美味的
- impeccable [adj.] 無懈可擊的
- amener [v.] 帶領
- se régaler [v.pronom.] 享受美味

## 原文

L'homme : Alors ? Qu'en penses-tu ?

La femme : Le cadre est élégant, les plats sont exquis, le service est impeccable. Merci de m'avoir amenée dans ce restaurant.

L'homme : C'est ma sœur ainée qui me l'a recommandé.

La femme : Ces profiteroles sont un vrai délice ! La sauce au chocolat est particulièrement savoureuse.

L'homme : Ma tarte au citron vert est super bonne, je me régale !

## 翻譯

男：如何？妳覺得怎麼樣？

女：整體環境很高雅，菜色也都很美味，服務也是無懈可擊。謝謝你帶我來這間餐廳。

男：是我姊姊推薦我的。

女：這個泡芙真是人間美味啊！巧克力醬真是特別的好吃。

男：我的綠檸檬塔也是超級好吃，吃得好過癮！

**實用句型**

（1）**Comment tu trouves ce restaurant？** 你覺得這間餐廳如何？
　　＝**Comment tu le trouves？** 你覺得它如何？
　　說明：「trouver」可以直接接受詞，因此使用代名詞時，用直接
　　　　　代名詞（COD）。

（2）**Qu'est-ce que tu penses de ce restaurant？**
　　你覺得這間餐廳怎麼樣？
　　＝**Qu'est-ce que tu en penses？** 你覺得它怎麼樣？
　　說明：「penser de qqch.」是表示對事物的意見與看法，因為介
　　　　　係詞「de」，因此使用代名詞時，必須選用「de + 事物名
　　　　　詞」結構的代名詞「en」。

**動詞變化小幫手**

| MANGER（吃） | SE RÉGALER（吃得盡興） |
|---|---|
| je mange | je me régale |
| tu manges | tu te régales |
| il mange | il se régale |
| nous mangeons | nous nous régalons |
| vous mangez | vous vous régalez |
| ils mangent | ils se régalent |

**延伸學習**

（1）entrée n.f. 前菜

（2）plat principal n.m. 主菜

（3）dessert n.m. 甜點

（4）fromage n.m. 乳酪

（5）apéritif n.m. 餐前酒

（6）digestif n.m. 餐後酒

○（2）、○（1）：題問回
qu'en penses-tu?、cadre、exquis、régale 手幫小聽聆
答解

# 27 Préparer une recette

料理食譜

MP3-27

Crêpe

聽聽看 ▶ 先聽一次MP3，將聽到的字打 ∨。

☐ réaliser

☐ attendu

☐ cuillère à café

☐ une pincée

☐ crevé

☐ mélangez

☐ reste

☐ mettez

回答問題 ▶ 再聽一次MP3，回答下列問題。對的打〇，錯的打 X。

（　）（1）Il faut du beurre pour réaliser une pâte à crêpes.
可麗餅的麵糊需要加入奶油。

（　）（2）Après avoir bien mélangé la pâte, il faut la mettre
dans le réfrigérateur pendant une heure avant de
faire les crêpes.
攪拌好麵糊後，製作可麗餅之前，需要將麵糊放在冰箱一
小時。

- recette n.f. 食譜
- réaliser (qqch.) v. 實現；實做（某事）
- cuillère à soupe n.f. 湯匙
- pincée n.f. 一小撮
- mélanger (qqch.) v. 攪拌（某物）
- ajouter (qqch.) v. 加入（某物）

原文

　　Bonjour bienvenue au Petit Gourmand. Aujourd'hui je vous propose une recette vraiment très connue et très simple à réaliser : celle des crêpes ! Nous, on ne va pas attendre la Chandeleur pour se faire plaisir, on va en faire tout de suite.

　　Vous allez avoir besoin d'un demi-litre de lait, de 3 œufs, de 250 grammes de farine tamisée, de 2 cuillères à soupe d'huile, d'une cuillère à soupe d'eau et d'une pincée de sel.

　　Pour commencer, prenez un grand saladier ou un grand bol, versez la farine et creusez un puits. Ensuite cassez vos œufs, ajoutez l'huile, la pincée de sel et un peu de lait, puis commencez à mélanger.

　　Complétez progressivement avec le reste de lait et mélangez jusqu'à obtenir une pâte bien homogène. Ensuite, ajoutez une cuillère à soupe d'eau, mélangez une dernière fois et laissez reposer une heure au réfrigérateur. Quand ce sera prêt nous pourrons passer à la cuisson de nos crêpes !

**翻譯**

　　歡迎來到小小美食家。今天我要向您們介紹一個有名又很簡單做的食譜，就是可麗餅食譜！我們不需要等到光明節才能享用，馬上就能動手做。

　　您需要半公升的牛奶，3顆蛋，250公克篩過的麵粉，2湯匙的油，一湯匙的水以及一小撮的鹽巴。

　　一開始請拿一個大的沙拉缽或是一個大碗，將麵粉倒入並在中間挖個凹陷處。接著將蛋打入，再加入準備的油，鹽巴還有部分牛奶，然後開始攪拌。

　　剩下的牛奶，邊攪拌邊倒入，攪拌到麵糊很光滑。然後加入1湯匙的水再做最後一次攪拌，接著將攪拌好的麵糊放入冰箱中靜置一小時，之後就可以做可麗餅了！

**實用句型**

（1）**avoir besoin de + 名詞 / 動詞**：需要……

　　例 J'ai besoin d'un café.

　　　我需要一杯咖啡。

　　　On a besoin de sortir.

　　　我們需要出門。

（2）**laisser + 原形動詞**：讓……

　　例 Je te laisse travailler.

　　　我讓你去工作（不打擾了）。

| ATTENDRE（等待） | LAISSER（留下／讓……） |
|---|---|
| j' attends | je laisse |
| tu attends | tu laisses |
| il attend | il laisse |
| nous attendons | nous laissons |
| vous attendez | vous laissez |
| ils attendent | ils laissent |

延伸學習

（1）La Chandeleur n.f. 光明節

（2）grumeau n.m.s. 麵糊中的顆粒
　　　grumeaux n.m.pl.

（3）cuire (qqch.) v. 煮熟（某物）

（4）verser (qqch.) v. 倒入（某物）

（5）déposer (qqch.) v. 放置（某物）

（6）préparer (qqch. à qqn.) v. （為某人）準備（某事物）

## BONJOUR
### LA FRANCE

**Chapitre 5**

# La sociabilité
## 社 交

★ ★ ★

聽聽看 ▶ 先聽一次MP3，將聽到的字打 ∨。

☐ travaille

☐ génial

☐ jours de travail

☐ passion

☐ rencontrer

☐ guitare

☐ artistique

☐ surfing

回答問題 ▶ 再聽一次MP3，回答下列問題。對的打〇，錯的打 ✗。

（ 　 ）（1）Pascale joue de la guitare dans un groupe.
　　　　　 芭斯卡在一個團體裡演奏吉他。

（ 　 ）（2）Pour les vacances, Pascale va souvent à l'étranger.
　　　　　 芭斯卡常到國外度假。

## 關鍵單字

- habiter v. 居住
- artiste n.m. 藝術家
- jouer (à qqch.) v. 玩（某物）
  jouer (de qqch.) v. 演奏（某樂器）
- sortir v. 出門
- passion n.f. 熱情
- sportif adj.m. 喜歡運動的
  sportive adj.f.

## 原文

　　Bonjour je m'appelle Pascale DUPONT, je suis française, j'ai 23 ans, j'habite à Paris et je travaille dans le cinéma. Mes journées de travail sont longues, mais je rencontre beaucoup d'artistes, c'est génial ! J'aime sortir avec mes amis et rencontrer des gens. La musique est ma passion, je joue de la guitare dans un groupe, le weekend nous jouons dans des bars.

　　Je suis aussi très sportive, je vais à la montagne et à la mer pour les vacances. Je fais du ski et du surf. J'adore la nature et les animaux, j'ai 2 chiens et 1 chat.

## 翻譯

　　您好，我叫芭斯卡・杜邦，我是法國人，23歲，住在巴黎，在電影產業工作。我的工作時間很長，但是我會遇見很多藝術家，超棒的！我喜歡和朋友出去並認識人。音樂是我的興趣，我在一個團體裡演奏吉他，週末的時候我們會到酒吧演奏。

　　我很喜歡運動，我會到山上、海邊度假。我會滑雪與衝浪。我超愛大自然和動物，我有2隻狗和1隻貓。

## 實用句型

**（1）jouer de + 樂器**：玩……樂器

> 例 Il joue du piano / de la guitare / de l'orgue.
> 他會彈鋼琴 / 玩吉他 / 彈管風琴。

**（2）jouer à + 球類運動**：玩……球類運動

> 例 Je joue au foot / au tennis. 我會玩足球 / 網球。

**（3）faire de + 運動**：做……運動

> 例 Elle fait du yoga / de la natation / de l'alpinisme.
> 她做瑜伽 / 游泳 / 登山。

## 動詞變化小幫手

| **SORTIR（外出）** | **JOUER（玩）** |
| --- | --- |
| je sors | je joue |
| tu sors | tu joues |
| il sort | il joue |
| nous sortons | nous jouons |
| vous sortez | vous jouez |
| ils sortent | ils jouent |

## 延伸學習

（1）faire des rencontres `pl.v.phr.` 認識人
　　　faire une rencontre `s.v.phr.` = rencontrer (qqn.) 認識（某人）

（2）partir en vacances `v.` 度假去

（3）social(e) `adj.` 善於交際的

（4）bosser `v.` 工作（口語）

（5）boulot `n.m.` 工作（口語）

（6）surfer `v.` 衝浪；瀏覽網站

回家測驗：（1）○、（2）×
聽聽看：travaille、passion、génial、guitare

答案

114

# 29 Rencontrer quelqu'un

認識新朋友

MP3-29

**聽聽看 ▶ 先聽一次MP3，將聽到的字打 V。**

☐ jamais

☐ vu

☐ client

☐ région

☐ s'entend

☐ balade

☐ prévu

☐ invitation

**回答問題 ▶ 再聽一次MP3，回答下列問題。對的打〇，錯的打 X。**

（　）（1）Ils se connaissent depuis longtemps.
他們已經認識很久了。

（　）（2）La fille invite le garçon à une fête samedi.
女孩邀請男孩參加星期六的派對。

- nouveau `adj.m.s.` 新的

  nouveaux `adj.m.pl.`

  nouvelle `adj.f.s.`

  nouvelles `adj.f.pl.`

- intégrer `v.` 加入

- accent `n.m.` 腔調

- se balader `v.pronom.` 散步

- prévu(e) `adj.` 事先計劃的（動詞prévoir的過去分詞p.p.）

- s'intéresser (à qqch.) `v.pronom.` （對某事物）感興趣

原文

Léa : Bonjour je ne vous ai jamais vu, vous êtes nouveau ?

Enzo : Oui, je viens d'intégrer le service client, je m'appelle Enzo.

Léa : Enchantée, je m'appelle Léa. Je suis assistante aux Ressources Humaines. Vous venez de quelle région ? Du sud-est ?

Enzo : Comment vous avez deviné ? À mon accent ?

Léa : Oui, votre accent n'est pas très prononcé, mais il s'entend quand même un peu. Qu'est-ce que vous faites après le travail en général ?

Enzo : Comme je viens de m'installer dans cette ville, je me balade ou bien je vais dans des bars pour rencontrer des gens.

Léa : D'accord, tiens vous avez quelque chose de prévu ce weekend ?

Enzo : Non, pourquoi ?

Léa : Avec des amis, on va faire un barbecue samedi, vous pouvez venir si cela vous intéresse.

Enzo : Volontiers ! Merci de m'inviter, j'amènerai des steaks et du vin.

Léa : Parfait !

莉婭：您好，我從來沒見過您，您是新來的？

安佐：是的，我剛剛加入客服部門，我叫安佐。

莉婭：幸會，我叫莉婭。我是人資部助理。您來自哪個地區？東南部地區？

安佐：您怎麼猜到的？因為我的腔調嗎？

莉婭：是啊，您的腔調不會很重，但是還是聽得出來一點。平常您下班後做什麼？

安佐：因為我才剛到這個城市，所以下班後我會在城裡散步或是到酒吧見見人。

莉婭：是哦，對了，這個週末您有計劃嗎？

安佐：沒有，為什麼？

莉婭：我和朋友們星期六舉辦了一個烤肉派對，如果您感興趣的話可以來。

安佐：很樂意！謝謝邀請我，我會帶一些烤肉用的牛排和酒。

莉婭：太好了！

實用句型

**（1-1）venir de + 地區：**來自某地區

> 例 Nous venons de Taïwan.
>
> 我們從臺灣來的。（我們是臺灣人）

**（1-2）venir de + 原形動詞：**剛剛做了某事（passé recent 剛才過去式）

> 例 Je viens de parler avec mon patron au téléphone.
>
> 我剛剛跟我的老闆講電話。

動詞變化小幫手

| **S'APPELER**（叫……名字） | **AMENER**（帶著） |
|---|---|
| je m'appelle | j' amène |
| tu t'appelles | tu amènes |
| il s'appelle | il amène |
| nous nous appelons | nous amenons |
| vous vous appelez | vous amenez |
| ils s'appellent | ils amènent |

延伸學習

（1）deviner v. 猜

（2）s'installer v.pronom. 安置；定居

（3）apporter (qqch. à qqn.) v. （給某人）帶（某物）

（4）avoir des projets v.phr. 有計劃

（5）fêter (qqch.) v. 慶祝（某事）

（6）imprévu n.m. 未料到的事；意外

## 關心朋友近況

MP3-30

**聽聽看 ▶ 先聽一次MP3，將聽到的字打 V。**

- ☐ rappelles
- ☐ promotion
- ☐ devines
- ☐ cosmétique

- ☐ chance
- ☐ vêtements
- ☐ ennui
- ☐ ailleurs

**回答問題 ▶ 再聽一次MP3，回答下列問題。對的打〇，錯的打 X。**

（　）（1）Paul et Céline étaient en même année à l'université.
保羅和席林在大學時是同個年級。

（　）（2）Paul n'aime pas son travail car il est ennuyeux.
保羅不喜歡他的工作因為很無聊。

**關鍵單字**

- se rappeler (de qqch.) / (de qqn.) `v.pronom.`
  想起；記得（某事物）/（某人）
- devenir `v.` 變成
- produit de beauté `n.m.` 美妝產品
- vêtements `n.m.pl.` 服裝
- être en contact avec `v.` 與……有接觸
- ennuyeux `adj.m.` 無聊的
  ennuyeuse `adj.f.`

**原文**

Paul : Tiens, Céline Leroy, tu te rappelles de moi ? Paul, Paul Lemaître, on était dans la même promo à l'université.

Céline : Paul, ah, bien sûr. Que le monde est petit ! Ça fait déjà 4 ans depuis la fac ! Qu'est-ce que tu deviens ?

Paul : Bah, je travaille comme commercial pour une société de produits de beauté. Ça me plaît beaucoup, je suis toujours en contact avec des personnes différentes : des clients, des pharmaciens...

On me donne beaucoup de responsabilités. J'adore ce que je fais. Et toi, Céline ?

Céline : Tu as de la chance ! Je suis assistante du chef du rayon vêtements dans un supermarché, j'ai l'impression de faire la même chose tous les jours, c'est vraiment ennuyeux. En plus, le salaire n'est pas très bon alors j'ai commencé à chercher du travail ailleurs.

保羅：啊，席林・樂華，你還記得我嗎？保羅，保羅・樂美特，
我們在大學是同梯次的。

席林：保羅，啊，當然記得。世界還真是小啊！大學畢業已經4年
了，你現在在做什麼？

保羅：呃，我在一家美妝公司上班當業務。我很喜歡這個工作，
我可以跟很多不同的人接觸：顧客、藥師啊……
公司給我很多責任。我很喜歡現在做的事。那妳呢，席林？

席林：你真是幸運！我在超級市場當服飾區領班的助理，我覺得
每天好像都在做一樣的事情，真的很無聊。而且薪資還不
是很好，所以開始在找其他的工作。

實用句型

**（1）se rappeler de = se souvenir de**：想起 / 記起

   例 Tu te rappelles de ce qui s'est passé samedi dernier ?

     = Tu te souviens de ce qui s'est passé samedi dernier ?

     你還記得上星期六發生的事情嗎？

**（2-1）avoir l'impression de**：覺得好像……（主詞同一人）

   例 J'ai l'impression de parler avec un robot.

     我覺得好像在跟一個機器人說話。

**（2-2）avoir l'impression que + 直陳式子句**：

     覺得好像……（主詞不同人）

   例 J'ai l'impression qu'il a grossi.

     我覺得他變胖了。

**SE RAPPELER（想起）**

je me rappelle

tu te rappelles

il se rappelle

nous nous rappelons

vous vous rappelez

ils se rappellent

**SE SOUVENIR（想起）**

je me souviens

tu te souviens

il se souvient

nous nous souvenons

vous vous souvenez

ils se souviennent

延伸學習

（1）promo. n.f. 梯次（promotion的縮寫）

（2）cosmétique n.m. 化妝品

（3）fac n.f. 大學（faculté的縮寫）

（4）alimentaire adj. 食品的

（5）rémunération n.f. 薪資

（6）pénible adj. 很難受的

解答

聽聽看：rappelles、chance、vêtements、ailleurs

回答問題：（1）○ 、（2）✗

# 31 Dire ce qu'on pense de quelqu'un

説出對某人的想法

MP3-31

**聽聽看 ▶ 先聽一次MP3，將聽到的字打 V。**

☐ connais

☐ l'apprécie

☐ fausse

☐ distant

☐ humeur

☐ joyeux

☐ disponible

☐ sortir

**回答問題 ▶ 再聽一次MP3，回答下列問題。對的打○，錯的打 X。**

（　）（1）Selon Colette, Patrick est une personne arrogante et distante.

柯蕾特認為派翠克是一個自大且很有距離感的人。

（　）（2）Étienne (l'homme) apprécie que Colette (la femme) l'aide beaucoup au travail.

艾提安（男人）感謝柯蕾特（女人）在工作上幫助他很多。

- connaître `v.` 認識
- antipathique `adj.` 讓人覺得討厭的
- arrogant(e) `adj.` 自大的
- faux `adj.m.` 假的；虛偽
  fausse `adj.f.`
- drôle `adj.` 有趣的
- s'en sortir `v.` 有辦法做到

原文

Étienne : Colette, tu connais bien Patrick ?

Colette : Bah, je le connais quoi, mais je ne l'apprécie pas. Je le trouve antipathique et il a l'air faux. En plus, il est arrogant, distant et pas drôle.

Étienne : Et Suzanne, sa partenaire, elle est comment ?

Colette : Ah elle, c'est différent. Elle est très sympa ! Elle est toujours de bonne humeur, souriante. Elle m'a beaucoup aidée quand je suis arrivée ici.

Étienne : C'est comme toi ! Tu es toujours joyeuse et disponible pour donner un coup de main. Heureusement que tu es là sinon pour un nouvel arrivant comme moi qui ne connait rien ça serait difficile de s'en sortir.

艾提安：柯蕾特，妳跟派翠克熟嗎？

柯蕾特：呃，我認識他而已，但是我不喜歡他。我覺得他很令人討厭，人假假的。而且，他很自大，有距離感又不有趣。

艾提安：那蘇珊，他的夥伴，她怎麼樣？

柯蕾特：她，就不一樣了。她人很好相處！她總是心情很好，笑容滿面。我剛到這裡的時候她幫了我很多。

艾提安：就像妳啊！妳總是很快樂而且樂於助人，還好妳在，不然對一個像我一樣什麼都不懂的新人來說，可能很難這麼快上手。

實用句型

**（1）être de bonne / mauvaise humeur：**

情緒很好 / 不好

例 Quand il vient de se lever, il est toujours de mauvaise humeur.

當他剛起床的時候，總是情緒很不好。

**（2）s'en sortir：** 脫離困境

例 C'est un moment difficile pour moi, mais je vais m'en sortir.

這是我困難的時期，但是我會成功脫離困境的。

動詞變化小幫手

| S'EN SORTIR（脫離困境） | CONNAÎTRE（認識） |
|---|---|
| je m'en sors | je connais |
| tu t'en sors | tu connais |
| il s'en sort | il connaît |
| nous nous en sortons | nous connaissons |
| vous vous en sortez | vous connaissez |
| ils s'en sortent | ils connaissent |

延伸學習

（1）donner un coup de main (à qqn.) （給某人）幫助

（2）aider (qqn à faire qqch.) 幫助（某人做某事）

（3）sourire  n.m.  笑容

（4）s'entendre bien / mal (avec qqn.) （與某人）相處得好 / 不好

（5）sincère  adj.  誠懇的

（6）aimable  adj.  令人喜歡的

○（2）、○（1）：鰻鹽回

sortir、disponible、humeur、distant、l'apprécie、connais：字籠臡

鰻鹽

# 32 Proposer une sortie culturelle
## 文化活動邀請

MP3-32

聽聽看 ▶ 先聽一次MP3，將聽到的字打 V。

☐ 15 heures

☐ veulent

☐ veux

☐ retrouve

☐ avant

☐ laisse-moi

☐ d'accord

☐ toute de suite

回答問題 ▶ 再聽一次MP3，回答下列問題。對的打〇，錯的打 X。

（ ）（1）Léa a laissé un message à Antoine pour lui demander s'il veut venir jouer au tennis.
莉婭留了一則訊息給安東尼問他想不想一起打網球。

（ ）（2）Si Antoine va au cinéma avec Léa et Émile, ils s'attendront devant le café « Petit Prince ».
如果安東尼跟莉婭與艾米麗去看電影，他們會在「小王子」咖啡店前等對方。

- se retrouver v. 相見
- devant prép. 在前面
- rappeler (qqn.) v. 回電（某人）
- d'accord adv. 同意
- laisser (qqch. à qqn.) 留下（某物給某人）
- message n.m. 訊息

原文

Salut Antoine, c'est moi Léa. Je vais au cinéma avec Émile cet après-midi, on va voir « Le Jeu » à 16 heures 40, tu veux venir avec nous ? On se retrouve devant le café « Petit Prince » à 16 heures ?

Rappelle-moi ou laisse-moi un message sur Messenger pour me dire si tu es d'accord. À tout à l'heure.

翻譯

嗨，安東尼，是我莉婭。今天下午我要跟艾米麗去看電影，我們要去看16點40分的《遊戲》，你要不要來？我們約16點在「小王子」咖啡店前面見面？

回電給我或是在Messenger上留個訊息告訴我你來不來。晚點見啦。

實用句型

**（1）se retrouver：**

　　相見（互作在對方的身上反身動詞；主詞為複數才有意義）

　　例 Ils se retrouvent à la gare.

　　他們在車站相見。

128

| **SE RETROUVER**（相見） | **DIRE**（說） |
|---|---|
| je me retrouve | je dis |
| tu te retrouves | tu dis |
| il se retrouve | il dit |
| nous nous retrouvons | nous disons |
| vous vous retrouvez | vous dites |
| ils se retrouvent | ils disent |

**5**

La sociabilité 社交

延伸學習

（1）cette aprèm = cet après-midi n.f. 今天下午

（2）confirmer (qqch.) / (à qqn.) v. 確認（某事）/（向某人）

（3）ça te dirait de... express. 你想不想……

（4）à toute adv. 待會見

（5）à plus tard = à plus adv. 晚點見

（6）s'attendre v.pronom. 互相等待對方

回答問題：（1）×、（2）○

解答

聽聽看：veux、retrouve、laisse-moi、d'accord

**聽聽看** ▶ 先聽一次**MP3**，將聽到的字打 ∨。

☐ annoncent　　　　☐ raquettes

☐ badminton　　　　☐ apporter

☐ père　　　　　　☐ acheter

☐ mener　　　　　☐ marché

**回答問題** ▶ 再聽一次**MP3**，回答下列問題。對的打○，錯的打╳。

( )（1）Ils vont jouer au tennis dans un parc.
　　　　　他們要一起去公園玩網球。

( )（2）La fille n'a pas de raquette pour jouer au badminton.
　　　　　女孩沒有球拍可以玩羽毛球。

**關鍵單字**

- prévu(e) `adj.` 預計的（動詞prévoir的過去分詞p.p.）
- annoncer (qqch. à qqn.) `v.` （向某人）預告（某事）
- badminton `n.m.` 羽毛球
- amener (qqn. qqpt.) `v.` 帶（某人到某處）
- apporter (qqch. à qqn.) `v.` （給某人）帶（某物）
- raquette `n.f.` 球拍

**原文**

L'homme : Coucou, tu as quelque chose de prévu demain ?

La femme : Non, je n'ai rien de prévu.

L'homme : Ils annoncent du beau temps, ça te dirait de jouer au badminton avec moi ?

La femme : Bonne idée ! On va jouer où ?

L'homme : Mon frère peut nous amener au parc en voiture. Tu as des raquettes ?

La femme : Non.

L'homme : Mais tu sais jouer au moins ?

La femme : Oui, mais je ne joue pas très bien.

L'homme : Ça ne fait rien, je vais apporter des raquettes. On passe te chercher chez toi vers 14 heures, ça te va ?

La femme : Ça marche, merci !

男：嗨嗨，妳明天有沒有計劃？

女：沒有，沒任何計劃。

男：氣象預報好天氣，妳想不想跟我一起打羽毛球？

女：好主意！我們要去哪裡打？

男：我哥哥可以開車帶我們去公園。妳有球拍嗎？

女：沒有。

男：但是妳會打羽毛球吧？

女：會啦，但是打得沒有很好。

男：這不成問題，我會帶球拍，我們14點左右去妳家接妳，可以嗎？

女：可以，謝謝！

實用句型

（1）**chercher qqn.**：接某人 / 找某人

  例 Je cherche Léa depuis 1 heure.

  我找莉婭找了1小時了。

  Antoine va chercher Marie à la gare de Lyon.

  安東尼會到里昂車站接瑪麗。

（2）**Ils annoncent du beau / mauvais temps.**

  **= La météo annonce du beau / mauvais temps.**

  天氣預測好 / 不好

動詞變化小幫手

| SAVOIR（知道） | ANNONCER（宣告） |
|---|---|
| je sais | j' annonce |
| tu sais | tu annonces |
| il sait | il annonce |
| nous savons | nous annonçons |
| vous savez | vous annoncez |
| ils savent | ils annoncent |

延伸學習

（1）Il fait beau / mauvais. `express.` 天氣好 / 不好。

（2）Il y a du vent / du soleil / de la pluie. `express.` 有風 / 有太陽 / 雨。

（3）ça roule `express.` 可行

（4）ça te convient ? `express.` 對你方便嗎？

（5）ça t'arrange ? `express.` 對你方便嗎？

（6）c'est pas grave. `express.` 沒關係

回家問題：（1）× 、（2）○

單字聽寫：annoncent、badminton、raquettes、apporter

聽寫

Ce samdi c'est la fête de mon école...

---

聽聽看 ▶ 先聽一次**MP3**，將聽到的字打 V。

☐ fête

☐ organisation

☐ spectacle

☐ musique

☐ commence

☐ ici

☐ nourriture

☐ dites

---

回答問題 ▶ 再聽一次**MP3**，回答下列問題。對的打〇，錯的打 X。

（　）（1）Paula va jouer dans une comédie musicale et elle invite Anne à venir le voir.

保拉將在一場音樂劇中演出，她邀請安娜來看她。

（　）（2）Après le spectacle, elles vont manger dans un restaurant.

表演後，她們會去餐廳吃飯。

### 關鍵單字

- comédie `n.f.` 戲劇
- spectacle `n.m.` 表演
- là-bas `adv.` 那裡
- commencer (à faire qqch.) `v.` 開始（做某事）
- ensemble `adv.` 一起
- gratuit(e) `adj.` 免費的

### 原文

　　Salut Anne, c'est Paula, ce samedi c'est la fête de mon école, on organise une comédie musicale dans laquelle je joue un rôle important, tu veux venir me voir ? Ça commence à 14 heures, après on peut manger ensemble là-bas, c'est gratuit. Il y aura des stands de nourriture et de boissons. Dis-moi si tu es libre, salut.

### 翻譯

　　嗨，安娜，我是保拉，這個星期六是我們學校的校慶，我們安排了一個音樂劇，我在裡面演了一個重要的角色，妳要不要來看我？表演14點開始，之後我們可以一起在那裡吃飯，免費的。將會有一些賣食物和飲料的攤子。告訴我妳有沒有空，拜拜。

### 實用句型

**（1）pouvoir + 原形動詞：**可以……

　　例 Il peut m'aider à faire mes devoirs.
　　　他可以幫我做功課。

（2）**lequel / laquelle / lesquels / lesquelles**：複合關係代名詞

例 Il a un agenda dans lequel il note tous ses rendez-vous.
他有本行事曆裡面記了他所有的約會。

La fille avec laquelle je sors est la petite sœur de Vincent.
跟我出去的那個女孩是文森的妹妹。

Les gens avec lesquels je travaille sont pharmaciens.
跟我一起工作的人都是藥師。

Les personnes pour lesquelles on organise les fêtes
sont des célébrités.
我們籌劃宴會的對象是名人。

 動詞變化小幫手

| **POUVOIR**（可以 / 能） | **TRAVAILLER**（工作） |
|---|---|
| je peux | je travaille |
| tu peux | tu travailles |
| il peut | il travaille |
| nous pouvons | nous travaillons |
| vous pouvez | vous travaillez |
| ils peuvent | ils travaillent |

 延伸學習

（1）pièce de théâtre n.f. 話劇表演

（2）spectacle de danse n.m. 舞蹈表演

（3）salle de spectacle n.f. 表演廳

（4）proposer (qqch. à qqn.) v. （向某人）提議（某事）

（5）disponible adj. 有空的

（6）coûteux adj.m. 很貴的
　　coûteuse adj.f.

# 35 Comprendre une remarque ou une interdiction

明白遭受指責之事

MP3-35

聽聽看 ▶ 先聽一次MP3，將聽到的字打 V 。

☐ reçu

☐ récupérer

☐ exagéré

☐ ennuyé

☐ ailleurs

☐ bloqué

☐ au moins

☐ digital

回答問題 ▶ 再聽一次MP3，回答下列問題。對的打○，錯的打 X 。

（ ）（1）Céline cherche Jérôme pour parler de leur projet.
席林找傑宏談他們的計劃。

（ ）（2）Jérôme a des problèmes avec son téléphone.
傑宏的手機有些問題。

- reçu(e) `adj.` 收到（recevoir的過去分詞p.p.）
- consulter (qqch. / qqn.) `v.` 查詢（某事）/ 詢問（某人）
- messagerie instantanée `n.f.` 即時通訊軟體
- dizaine `n.f.` 十幾個
- prêter (qqch. à qqn.) `v.` 借（某物給某人）
- manuel `n.m.` 課本

原文

Céline : Ah Jérôme, enfin te voilà ! Tu n'as pas reçu mes messages ?

Jérôme : Non, tu me les as envoyés quand ? C'est pour quoi d'ailleurs ?

Céline : Tu exagères ! Tu ne consultes pas ta boîte mail ni ta messagerie instantanée ? J'ai laissé au moins une dizaine de messages en tout pour récupérer le manuel de français que je t'ai prêté il y a 2 semaines.

Jérôme : Ah bon !? Je suis désolé. Comme j'ai perdu mon portable la semaine dernière, j'ai dû m'en acheter un autre. J'ai installé les applications que j'utilise depuis toujours, mais l'ennui c'est que je ne me rappelle plus de la plupart de mes mots de passe, du coup je n'ai pas accès à ma messagerie. Tant que ce problème n'est pas réglé, ce sera difficile de me joindre par internet.

Céline : Ah je ne savais pas, excuse-moi. Heureusement, j'ai cherché la version numérique en ligne pour préparer l'examen de la semaine prochaine et je l'ai trouvée. Mais j'aimerais récupérer mon manuel quand même.

**翻譯**

席林：啊，傑宏，你終於出現了！你沒收到我的訊息嗎？

傑宏：沒有，妳什麼時候傳給我的？而且為什麼找我？

席林：你太誇張了！你都不看你的信箱，也不看你的通訊軟體嗎？我總共至少留了數十封訊息給你，要拿回我2星期前借給你的法文課本。

傑宏：喔是喔！？真對不起。我上星期剛好掉了我的手機，又買了一個新的，我裝了我一直在用的軟體，但是問題是我記不起來大部分的密碼，結果就進不去通訊軟體……在這個問題解決之前，應該很難用網路聯絡到我。

席林：啊，我不知道這件事，不好意思。為了準備下星期的考試，我在網路上找電子版，還好被我找到了，不過我還是希望可以把我的書拿回來。

**實用句型**

**（1）人稱直接代名詞（C.O.D） + voilà / voici！**：……來了！

例 Me voilà！我來了！

|  | C.O.D |
| --- | --- |
| 我 | me |
| 你 | te |
| 他 | le |
| 她 | la |
| 他們 / 她們 | les |
| 我們 | nous |
| 你們 / 您 / 您們 | vous |

**（2）avant que + 主觀式子句：**

在……之前（主觀式子句或稱虛擬式subjonctif）

例 Il faut réagir avant qu'il ne soit trop tard.

在還不太遲之前應該要行動。

139

| RÉAGIR（行動） | PERDRE（遺失） |
| --- | --- |
| je réagis | je perds |
| tu réagis | tu perds |
| il réagit | il perd |
| nous réagissons | nous perdons |
| vous réagissez | vous perdez |
| ils réagissent | ils perdent |

延伸學習

（1）exagérer v. 誇張

（2）numérique adj. 數位的

（3）bloquer (qqch.) / (qqn.) v. 困住（某物）/（某人）

（4）bouger (qqch.) / (qqn.) v. 移動（某物）/（某人）

（5）perdre (qqch.) / (qqn.) v. 弄丟（某物）/（某人）

（6）mot de passe n.m. 密碼

回家閱讀：（1）× 、（2）○
聽聽看：reçu、au moins、récupérer
解答

BONJOUR
LA FRANCE

Chapitre 6

# La vie
生活

★ ★ ★

 **聽聽看 ▶** 先聽一次MP3，將聽到的字打 ∨。

□ toutes　　　　　　□ payer

□ offre　　　　　　　□ entendre

□ concert　　　　　　□ chant

□ simplement　　　　□ chanson

 **回答問題 ▶** 再聽一次MP3，回答下列問題。對的打○，錯的打 ✕。

（　）（1）Pour gagner une place pour le concert de M, il suffit d'appeler au numéro indiqué.

要獲得M的演唱會票券，只要打電話到指定的電話即可。

（　）（2）Le numéro de téléphone pour gagner une place est le 02 89 77 56 24.

打過去能獲得票券的電話號碼是02 89 77 56 24。

## 關鍵單字

- offrir (qqch. à qqn.) [v.] 贈送（某物給某人）
- place [n.f.] 位子
- il n'y a que [express.] 只有
- chanson [n.f.] 歌曲
- vite [adv.] 快速
- entendre (qqch. / qqn.) [v.] 聽見（某事 / 某人）

## 原文

Bonjour à tous ! Aujourd'hui Radio Chérie vous offre des places pour le concert de M. Attention ! Il n'y a que 10 places à gagner. Pour gagner c'est facile: losque vous entendez une chanson de M, vous nous appelez au 02 89 67 56 24. Alors vite, à vos téléphones !

## 翻譯

大家好！今天親愛電台要贈送M的演唱會票券。注意，只有10位可以獲得。要獲得演唱會票券很簡單，您只要一聽到M的歌曲，打電話到02 89 67 56 24即可。趕緊拿起電話撥打！

## 實用句型

（1）**ne + 動詞 + que**：只……

> 例 Je n'ai que 20 euros sur moi.
> 我身上只有20歐元。
> Elle ne pense qu'à ses propres intérêts.
> 她只想著自己的利益。

**GAGNER**（贏得）

je gagne

tu gagnes

il gagne

nous gagnons

vous gagnez

ils gagnent

**OBTENIR**（獲得）

j' obtiens

tu obtiens

il obtient

nous obtenons

vous obtenez

ils obtiennent

延伸學習

（1）donner (qqch. à qqn.) v. 給予（某物給某人）

（2）seulement adv. 只有

（3）obtenir (qqch. de qqn.) v. （從某人）獲得（某物）

（4）rapidement adv. 快速地

（5）écouter (qqch. / qqn.) v. 聆聽（某事 / 某人）

（6）simple adj. 簡單的

# 37 Actualité culturelle à la radio

廣播電台的文化時事

MP3-37

聽聽看 ▶ 先聽一次**MP3**，將聽到的字打 ∨。

☐ célèbre

☐ prestigieuse

☐ profite

☐ livre

☐ bon

☐ limite

☐ jusqu'à

☐ disponibles

回答問題 ▶ 再聽一次**MP3**，回答下列問題。對的打○，錯的打 Ⅹ。

（　）（1）Pendant la fête de la musique les transports en commun sont gratuits toute la nuit.
音樂節那天，公共交通整個晚上都是免費的。

（　）（2）Nous pouvons aller gratuitement au concert de France Inter tant qu'il reste encore des places.
我們可以免費參加France Inter的演唱會，只要還有位子的話。

- célébrer (qqch.) `v.` 慶祝（某事）
- profiter (de qqch. / de qqn.) `v.` 把握享受（某事）/ 利用（某人）
- jusqu'à `prép.` 直到
- concert `n.m.` 演唱會
- organiser ( qqch.) `v.` 籌劃（某事）
- avoir lieu `v.` 舉行

原文

Bonjour aujourd'hui c'est la fête de la musique, on célèbre l'arrivée de l'été. Il fait beau, alors profitez-en ! Vous pouvez jouer de la musique dans la rue ou aller à des concerts. Les transports en commun sont gratuits à Paris jusqu'à 1 heure du matin.

Le grand rendez-vous de cette année: c'est le concert organisé par France Inter qui aura lieu à la prestigieuse salle de l'Olympia, de 20 heures à 1 heure du matin. 5 heures de musique live exceptionnelle, entrée libre et gratuite dans la limite des places disponibles.

翻譯

早安，今天是音樂節，我們慶祝夏天的來臨。天氣很好，要好好把握。您可以在街上玩音樂或是去聽演唱會。巴黎的公共交通直到凌晨1點都是免費的。

今年的大盛會，就是France Inter籌劃的演唱會，將會在鼎鼎有名的奧利匹亞場地演出，從20點到凌晨1點，難得一見的5個小時現場，免費又可以自由進出但是人數有限。

## 實用句型

（**1**）**il fait +** 天氣形容詞：天氣狀況

> 例 Il fait beau / nuageux / mauvais / froid / chaud / gris.
> 天氣好 / 多雲 / 不好 / 冷 / 熱 / 陰陰的。

（**2**）**tant que...**：趁著……

> 例 Profitez-en tant qu'il fait beau.
> 趁著天氣好好好地把握享受好天氣。

## 動詞變化小幫手

| FÊTER（慶祝） | PRODUIRE（生產） |
| --- | --- |
| je fête | je produis |
| tu fêtes | tu produis |
| il fête | il produit |
| nous fêtons | nous produisons |
| vous fêtez | vous produisez |
| ils fêtent | ils produisent |

## 延伸學習

（1）gratis adv. 免費地

（2）évènement n.m. 事件

（3）se produire v.pronom. 發生；進行

（4）en direct adv. 現場直播

（5）actualité n.f. 時事

（6）sans cesse adv. 不停地

○（2）、×（1）：題塞習練回

看聽聽讀：célèbre、jusqu'à、prestigieuse、limite、disponibles

案答

氣象預報

MP3-38

Canal Public

聽聽看 ▶ 先聽一次**MP3**，將聽到的字打 V。

☐ commencer      ☐ nuageux

☐ météo      ☐ pluie

☐ le temps      ☐ montent

☐ parce que      ☐ terminer

回答問題 ▶ 再聽一次**MP3**，回答下列問題。對的打○，錯的打 X。

（ ）（1）Ils annoncent une chute des températures cet après-midi partout en France.
天氣預報今天下午法國各地的溫度都會下降。

（ ）（2）Il fait nuageux dans le sud de la France.
南法是多雲的天氣。

## 關鍵單字

- météo n.f. 氣象
- presque adv. 幾乎
- malgré prép. 儘管
- Méditerranée n.f. 地中海
- concernant prép. 關於
- remonter (qqch.) v. 升高（某物）

## 原文

Il est 7 heures, pour commencer un petit point sur la météo avec Céline Leroy.

Bonjour à tous pour la météo du jour. Aujourd'hui ce sera une belle journée de printemps avec un temps ensoleillé presque partout. Il y aura cependant quelques nuages dans le nord du pays, beaucoup de pluie sur Lyon et pas mal de vent en Méditerranée. Concernant les températures ce matin, nous aurons 5 degrés à Paris, 3 à Lille et Bordeaux, 8 à Brest et 7 à Bastia. Cet après-midi les températures remonteront avec 18 à Paris, 16 à Lille, Bordeaux et Brest, et 20 à Bastia. Pour terminer, bonne fête à toutes les Gisèle !

## 翻譯

現在是早上7點，一開始我們先與席林‧樂華來看一下氣象。

大家早安，今日氣象，春天美好的一天，幾乎各地天氣都很晴朗。儘管北邊有些雲籠罩，里昂很多雨，地中海一帶風很大。關於今日早晨的溫度，巴黎5度，里耳與波爾多3度，布雷斯特8度，巴斯提亞7度。今日下午溫度會上升，巴黎18度，里爾、波爾多和布雷斯特都16度，巴斯提亞20度。最後祝所有的吉賽兒佳節快樂！

**（1）malgré + 名詞：儘管……**

> 例 Il continue à travailler malgré la fièvre.
> 儘管發燒，他還是繼續工作。

**（2）il y a + 氣象狀況（名詞）：天氣……**

> 例 Il y a du soleil / du vent / de la pluie / de la neige / des nuages.
> 有太陽 / 有風 / 有雨 / 有雪 / 有雲。

 動詞變化小幫手

| MONTER（升高 / 往上） | DESCENDRE（降低 / 往下） |
|---|---|
| je monte | je descends |
| tu montes | tu descends |
| il monte | il descend |
| nous montons | nous descendons |
| vous montez | vous descendez |
| ils montent | ils descendent |

 延伸學習

（1）quasiment adv. 幾乎

（2）augmenter (qqch.) v. 上升（某物）

（3）chute n.f. 降落

（4）descendre (de qqpt.) v. 從（某處）下降

（5）ressentir (qqch.) v. 感受（某事物）

（6）Joyeuse fête ! express. 佳節愉快！

回家問題：（1）×、（2）×

聽寫練習：commencer、météo、pluie、terminer

翻譯

# 39 Acheter une place de cinéma

買電影票

MP3-39

🗼 聽聽看 ▶ 先聽一次MP3，將聽到的字打 ∨。

☐ 16 heures 30　　　☐ milieu

☐ passe　　　　　　☐ contre-temps

☐ saison　　　　　　☐ loin

☐ reste　　　　　　 ☐ on y va

🗼 回答問題 ▶ 再聽一次MP3，回答下列問題。對的打○，錯的打✗。

（　）（1）Ils ont pris 2 places pour le film « La grande bellezza »
à 19h40.
他們買了2張19點40分《絕美之城》的電影票。

（　）（2）Finalement ils vont manger avant d'aller voir le film.
最後，在去看電影前，他們要先去吃飯。

## 關鍵單字

- chance n.f. 運氣
- séance n.f. 場次
- rester v. 剩下
  rester (qqpt.) v. 停留（某處）
- se balader v.pronom. 閒晃
- entre-temps adv. 空檔時間
- marché de nuit n.m. 夜市

## 原文

La cliente : Bonsoir, 2 places pour « La grande bellezza » la séance de 16h20, s'il vous plaît.

Le vendeur : Désolé, il n'y en a plus.

La cliente : Ah, pas de chance. Sinon est-ce qu'il en reste encore pour celle de 19h40 ?

Le vendeur : Oui, il reste encore 4 places, vous avez de la chance.

La cliente : Super ! Je vais en prendre 2, s'il vous plaît.

Le vendeur : 20 euros, s'il vous plaît. Voici les places.

La cliente : Merci.

L'ami : Qu'est-ce qu'on va faire entre-temps ?

La cliente : Il y a un marché de nuit pas loin d'ici, on pourrait se balader et manger quelque chose avant que le film commence, qu'est-ce que tu en penses ?

L'ami : Parfait, on y va !

顧客：晚上好，2張16點20分《絕美之城》的電影票，麻煩您。

售票員：不好意思，已經沒有位子了。

顧客：啊，真是運氣不好。不然19點40分那一場次，還有位子嗎？

售票員：有的，還有4個位子，您運氣很好喔。

顧客：太好了！我要2張票，麻煩您。

售票員：20歐元，麻煩您。這是您的位子（票的意思）。

顧客：謝謝。

朋友：我們這個空檔要幹嘛？

顧客：離這邊不遠有一個夜市，電影開始前我們可以到那裡走走吃點東西，你覺得如何？

朋友：好啊，我們走吧！

**實用句型**

（**1-1**）**avant de + 原形動詞**：在……之前

> 例 Tu pourras passer à la poste récupérer le courrier avant de rentrer à la maison ?
>
> 回家前你可以到郵局領信件嗎？

（**1-2**）**avant que + 主觀式子句（請見P.139）**

（**2**）**avoir de la chance = avoir du pot = avoir du bol**：運氣好

> 例 On a de la chance, on a réussit examen sans vraiment étudier.
>
> 我們運氣很好，沒好好讀書還通過考試。

**6**

La vie 生活

| **RÉUSSIR**（成功） | **RESTER**（剩下 / 停留） |
| --- | --- |
| je réussis | je reste |
| tu réussis | tu restes |
| il réussit | il reste |
| nous réussissons | nous restons |
| vous réussissez | vous restez |
| ils réussissent | ils restent |

### 延伸學習

（1）complet adj.m. 客滿
　　complète adj.f.

（2）en attendant adv. 等待的時間

（3）chanceux adj.m. 運氣好的
　　chanceuse adj.f.

（4）près adj. 近的

（5）grignoter (qqch.) v. 吃點（某物）

（6）faire un tour v.phr. 四處繞繞

# 40 Demander un coup de main

要求幫點小忙

聽聽看 ▶ 先聽一次MP3，將聽到的字打 V。

□ chemin　　　　　　□ chercher

□ moque　　　　　　□ fort

□ préférée　　　　　□ descendes

□ tant mieux　　　　□ en bas

回答問題 ▶ 再聽一次MP3，回答下列問題。對的打○，錯的打 X。

（　）（1）Jérôme a demandé à Léa de prendre du parmesan et du cidre avant de venir chez lui.

傑宏請求莉婭到他家前買帕瑪森起司和蘋果氣泡酒。

（　）（2）Léa a refusé de prendre du cidre car elle n'est pas assez forte pour porter les bouteilles toute seule.

莉婭拒絕買蘋果酒，因為她不夠壯沒辦法自己拿。

- sur le chemin [adv.] 在路上
- marque [n.f.] 品牌
- préféré(e) [adj.] 喜好的（動詞préférer的過去分詞p.p.）
- tant mieux [adv.] 最好
- tant pis [adv.] 算了
- costaud(e) [adj.] 壯的

原文

Jérôme : Salut Léa, ce soir tu viens chez moi vers quelle heure ?

Léa : Vers 19 heures, je pense.

Jérôme : Très bien, sur le chemin tu pourras passer au supermarché et me prendre du parmesan ? C'est pour faire des galettes.

Léa : Pas de problème, tu as une marque préférée ?

Jérôme : Oui, la marque « Messana » ! Si tu la trouves tant mieux, sinon, tant pis, prends n'importe quelle autre marque.

Léa : D'accord.

Jérôme : Ah, j'ai oublié d'acheter du cidre, tu pourras en prendre aussi ?

Léa : Oui, ça dépend, combien de bouteilles tu veux ? Tu sais, moi je viens toute seule, en plus je ne suis pas très costaude...

Jérôme : 2 bouteilles ? Tu penses que ça peut aller ?

Léa : 2 bouteilles ça devrait aller. Par contre, une fois que j'arrive en bas de chez toi il faut que tu descendes pour m'aider.

Jérôme : Pas de souci, appelle-moi quand tu seras là. Merci Léa !

**翻譯**

傑宏：嗨，莉婭，今晚妳幾點會到我家來？

莉婭：大約19點，我想。

傑宏：好的，妳在路上可以順道去超市幫我買帕馬森起司嗎？要做鹹薄餅用的。

莉婭：沒問題，你有偏好的品牌嗎？

傑宏：有，「Messana」，如果妳找得到這個牌子最好，不然，就算了，隨便哪一個牌子都可以。

莉婭：好。

傑宏：啊，我忘了買蘋果氣泡酒了，妳可以也順便買嗎？

莉婭：可以，但是要看你要幾瓶，你知道，我可是自己一個人來，而且我又不是很壯……

傑宏：2瓶？妳有辦法嗎？

莉婭：2瓶應該還好。但是，一旦我到你家樓下，你要下來幫我。

傑宏：沒問題，妳到的時候打電話給我。謝謝妳，莉婭！

**實用句型**

**（1）cela / ça dépend de + 名詞：**視……決定

例 J'aimerais discuter un peu du projet avec mon patron, mais cela dépend de sa disponibilité.

我想要多和老闆討論這個計劃，但是這要看他什麼時候有空。

**動詞變化小幫手**

| **PRÉFÉRER**（偏好） | **DÉPENDRE**（依靠／取決於） |
|---|---|
| je préfère | je dépends |
| tu préfères | tu dépends |
| il préfère | il dépend |
| nous préférons | nous dépendons |
| vous préférez | vous dépendez |
| ils préfèrent | ils dépendent |

**延伸學習**

（1）trajet `n.m.` 路徑

（2）sur la route `adv.` 在路上

（3）Ne t'en fais pas. `express.` 你別擔心。

（4）Comptez sur moi. `express.` 相信我、包在我身上。

（5）en bas `adv.` 在下面

（6）en haut `adv.` 在上面

× （２）、○（１）：題問答回

en bas、descendes、tant mieux、préférée、chemin：填空填

答解

# 41 Envoyer un colis / une lettre à la poste

郵局寄包裹 / 信件

MP3-41

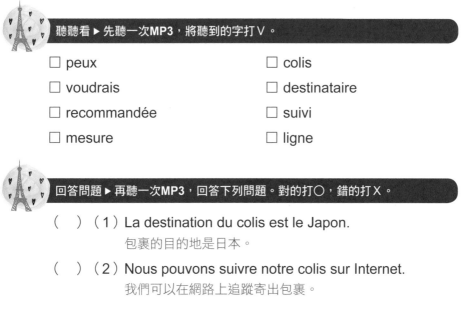

聽聽看 ▶ 先聽一次MP3，將聽到的字打 ∨。

☐ peux

☐ voudrais

☐ recommandée

☐ mesure

☐ colis

☐ destinataire

☐ suivi

☐ ligne

回答問題 ▶ 再聽一次MP3，回答下列問題。對的打〇，錯的打 ✕。

（ ）（1）La destination du colis est le Japon.
包裹的目的地是日本。

（ ）（2）Nous pouvons suivre notre colis sur Internet.
我們可以在網路上追蹤寄出包裹。

- puis-je `express.` 我可以（禮貌的用法）
- lettre recommandée `n.f.` 掛號信
- peser `v.` 稱重
- colis `n.m.` 包裹
- numéro de suivi `n.m.` 追蹤號碼
- en ligne `adv.` 線上

原文

La cliente : Bonjour monsieur.

L'employé : Bonjour madame, que puis-je faire pour vous ?

La cliente : Je voudrais envoyer une lettre recommandée à Tokyo au Japon.

L'employé : D'accord, elle pèse 23g, ça vous fait 5 euros. Et avec ceci ?

La cliente : J'ai aussi un colis pour Taïwan.

L'employé : Pour un colis de cette taille-là le tarif est de 50 euros. Donc au total ça fait 55 euros.

La cliente : D'accord, par contre pour le colis, combien de jours faut-il pour qu'il arrive à destination ?

L'employé : En général, cela met entre une semaine et 10 jours, pas plus. Vous avez des numéros de suivi pour la lettre et le colis, vous pouvez les suivre en ligne.

La cliente : C'est pratique, merci monsieur.

**翻譯**

顧客：您好先生。

雇員：您好女士，我可以為您做什麼嗎？

顧客：我想要寄一封掛號信到日本東京。

雇員：好的，到東京，信件重23公克，郵資是5歐元，還要其他的
服務嗎？

顧客：要，我還有一個包裹要寄臺灣。

雇員：這個大小的包裹，費用是50歐元。所以總共，您必須支付
55歐元。

顧客：好，對了，就包裹而言，要幾天才能寄到目的地？

雇員：一般來說，大約需要一週到10天的時間。您的信件和包裹
都有追蹤號碼，您可以在網路上追蹤。

顧客：很方便，謝謝您。

 **實用句型**

（1）**ça met + 一段時間**：需要……時間

　　例 Pour que la carte postale arrive en Italie, ça met deux
　　semaines.

　　寄到義大利的明信片要兩個星期才會抵達。

　　*pour que + 主觀式子句（subjonctif）

（2）**Que puis-je faire pour vous ?**
　　**＝Qu'est-ce que je peux faire pour vous ?**：

　　我可以怎麼幫您？

**PESER（稱重）**

je pèse

tu pèses

il pèse

nous pesons

vous pesez

ils pèsent

**SUIVRE（追蹤）**

je suis

tu suis

il suit

nous suivons

vous suivez

ils suivent

\*SUIVRE：注意！與「être」的直陳現在式的「je suis」寫法、念法一樣，但意思大不同！

延伸學習

（1）expéditeur n.m. 寄信者

（2）destinataire n.m. 收信者

（3）avis de passage n.m. 郵件領取通知單

（4）en revanche adv. 相反地

（5）carte postale n.f. 明信片

（6）timbre n.m. 郵票

回答問題：（1）╳、（2）○

聽聽看：voudrais、recommandée、colis、suivi、ligne

解答

BONJOUR
LA FRANCE

Chapitre 7

# Au téléphone
## 電 話

★ ★ ★

# 42 Comprendre un message vocal

聽懂電話留言

聽聽看 ▶ 先聽一次MP3，將聽到的字打 ∨。

□ français

□ tard

□ 18h30

□ panne

□ commerce

□ exercices

□ partir

□ fois

回答問題 ▶ 再聽一次MP3，回答下列問題。對的打○，錯的打 X。

（　）（1）Madame Leroy sera en retard à cause d'une grève des transports.
樂華女士因為交通運輸有罷工活動所以遲到。

（　）（2）Madame Leroy a demandé à son élève de faire des exercices avant qu'elle arrive.
樂華女士請學生在她到之前先做練習題。

### 關鍵單字

· retard n.m. 遲到

· panne n.f. 故障

· métro n.m. 捷運（métropolitain的簡稱）

· commencer (à faire qqch.) v. 開始（做某事）

· exercice n.m. 練習

· dernier adj.m. 上一次的
  dernière adj.f.

### 原文

　　Bonjour c'est Madame Leroy, la professeure de français. J'aurai en retard pour le cours, j'arriverai ver 18h20. Je suis désolée mais il y a une panne dans le métro. Tu peux commencer avec les exercices de grammaire dont je t'ai parlé la dernière fois, page 11 je crois.

### 翻譯

　　您好我是樂華女士，法文老師，我會晚到一些，大概18點20分，非常抱歉。捷運剛好發生一個故障事件。你可以先做上次我跟你講過的文法練習題，好像是第11頁。

### 實用句型

（**1**）**être / arriver en retard**：遲到

> 例 Il m'a envoyé un message pour me dire qu'il sera / arrivera en retard.
> 他傳給我一個訊息告訴我他會晚點到。

（**2**）**dont**：（de + 名詞的結構）的關係代名詞

> 例 Ce dont j'ai besoin c'est de vacances pour me reposer.
> 我所需要的就是可以讓我休息的假期。

**動詞變化小幫手**

| SE REPOSER（休息） | ARRIVER（到達） |
| --- | --- |
| je me repose | j' arrive |
| tu te reposes | tu arrives |
| il se repose | il arrive |
| nous nous reposons | nous arrivons |
| vous vous reposez | vous arrivez |
| ils se reposent | ils arrivent |

**延伸學習**

（1）à l'heure adv. 準時

（2）en avance adv. 提前

（3）grève n.f. 罷工

（4）hors-service adj. 暫停服務

（5）transport en commun n.m. 公共交通運輸

（6）tarder v. 延遲

# 43 Réserver une table au restaurant

電話餐廳訂位

MP3-43

聽聽看 ▶ 先聽一次MP3，將聽到的字打 V。

☐ cochons

☐ réserver

☐ tableau

☐ table

☐ hier

☐ nom

☐ heure

☐ note

回答問題 ▶ 再聽一次MP3，回答下列問題。對的打〇，錯的打 X。

（　）（1）La dame a réservé une table pour 4 personnes demain soir à 8 heures.

女士預定了一桌明晚8點4人座的位子。

（　）（2）La réservation est au nom de Lemaitre.

預約是以樂美特的名字預定。

- réserver `v.` 預定
- table `n.f.` 餐桌、桌子
- couvert `n.m.` 餐具
- serré(e) `adj.` 擁擠的（動詞serrer的過去分詞p.p.）
- aucun(e) `adj.` 毫無
- noté(e) `adj.` 記下（動詞noter的過去分詞p.p.）

 原文

L'employé : Aux trois petits cochons, bonjour !

La cliente : Allô bonjour, j'aimerais réserver une table pour demain soir.

L'employé : Oui, madame, pour combien de personnes ?

La cliente : Pour 4 personnes.

L'employé : Il nous reste seulement une table pour 3. Si ça ne vous pose pas de problème, nous pouvons vous mettre un couvert de plus. Ça risque juste d'être un peu serré.

La cliente : Ça ira, nous nous connaissons très bien, ça ne nous posera aucun problème.

L'employé : Très bien, c'est pour quelle heure, s'il vous plaît ?

La cliente : Pour 8 heures.

L'employé : D'accord. C'est à quel nom ?

La cliente : Lemaitre, L.E.M.A.I.T.R.E.

L'employé : Bien, c'est noté. À demain madame.

La cliente : Merci, au revoir.

**翻譯**

雇員：三隻小豬您好！

顧客：您好，我想要預定明天晚上的座位。

雇員：好的，女士，幾個人呢？

顧客：4個人

雇員：我們只剩下一張3個人的桌子，若您覺得沒問題的話，我們可以多放一套餐具，但可能會有點擠。

顧客：不會的，我們很熟，沒有任何問題。

雇員：好的，幾點鐘呢？麻煩您

顧客：8點

雇員：好的，登記誰的名字？

顧客：樂美特，L、E、M、A、I、T、R、E。

雇員：好的，記下了，明天見女士。

顧客：謝謝，再見。

**實用句型**

**（1）poser problème (à qqn.)：**（對某人）造成困擾

例 Je vais jouer du piano, ça ne te pose pas de problème ?
我要彈鋼琴，不會打擾你吧？

**（2-1）ne... aucun / aucune + 名詞：**沒有任何……

例 Il n'y a aucun stylo qui marche, ça m'énerve !
沒有任何一支筆是可以用的，氣死我了！

**（2-2）aucun / aucune + 名詞 ne...：**沒有任何……

例 Aucune fille ne veut sortir avec lui.
沒有任何一個女生想要跟他出去。

| ÉNERVER（惹毛） | S'ÉNERVER（變得激動 / 生氣） |
|---|---|
| j' énerve | je m'énerve |
| tu énerves | tu t'énerves |
| il énerve | il s'énerve |
| nous énervons | nous nous énervons |
| vous énervez | vous vous énervez |
| ils énervent | ils s'énervent |

延伸學習

（1）gêner (qqn.) v. 困擾（某人）

（2）au nom de prép. 以……之名

（3）proche adj. 親近的

（4）enregistrer v. 記錄

（5）espacé(e) adj. 間隔大的

（6）invité(e) n. 客人

# 44 Prendre un rendez-vous chez le médecin

電話預約看病

MP3-44

聽聽看 ▶ 先聽一次MP3，將聽到的字打 V。

☐ cabinet

☐ consulter

☐ écoute

☐ malade

☐ couché

☐ mieux

☐ ranger

☐ retraite

回答問題 ▶ 再聽一次MP3，回答下列問題。對的打○，錯的打 X。

（　）（1）Monsieur Lebon appelle le cabinet médical pour sa femme parce qu'elle s'est cassé les jambes.

樂邦先生為他的太太打電話到診所，因為她摔斷了腿。

（　）（2）Monsieur Lebon a finalement réussi à obtenir un rendez-vous pour le lendemain après-midi.

樂邦先生最後成功預約隔天下午的看診時段。

- cabinet `n.m.` 辦公室 / 診所
- tête `n.f.` 頭
- ventre `n.m.` 肚子
- tenir debout `v.` 站著
- RDV `n.m.` 約會、會面（rendez-vous的縮寫）
- créneau `n.m.` 時段

原文

　　Le cabinet du docteur Boisier est ouvert du lundi au vendredi de 10 heures à 20 heures. En cas d'urgence le week-end appelez le 15. Pour prendre un RDV, tapez 2.

La femme : Cabinet du docteur Boisier bonjour, je vous écoute.

L'homme : Bonjour, je voudrais prendre un rendez-vous pour ma femme, elle a mal à la tête et au ventre depuis plusieurs jours, elle est très fatiguée et a du mal à tenir debout. J'ai l'impression que ce qu'elle a est grave. Donc nous aimerions avoir un RDV le plus vite possible.

La femme : J'ai compris. Ne vous en faites pas monsieur, je vais faire de mon mieux pour vous arranger ça, elle est déjà venue ?

L'homme : Oui, c'est madame Lebon.

La femme : D'accord, il y a un créneau demain après-midi entre 15h45 et 16h45, ça vous va ?

L'homme : Oui, nous sommes à la retraite, nous pouvons venir quand nous le souhaitons.

La femme : Très bien, à demain alors monsieur Lebon.

L'homme : Merci beaucoup à demain.

**翻譯**

　　布吉野醫師診所營業時間星期一到星期五10點到20點。週末急診請撥15，預約看診請按2。

女：布吉野醫生診所您好，請說。

男：您好，我想要替我太太預約看診，她頭痛還有肚子痛好幾天了，很累，連站都有問題。我覺得她的病情好像很嚴重，所以可以的話，我們希望能夠盡早看診。

女：我了解了，您別擔心先生，我盡力幫您安排，她有來過嗎？

男：有的，是樂邦太太。

女：好，明天下午在15點45到16點45之間有空檔，您方便嗎？

男：方便，我們都已經退休了，隨時都可以去。

女：很好，那麼明天見了樂邦先生。

男：真感謝您，明天見。

 **實用句型**

（1-1）**avoir mal à + 身體部位**：……不舒服 / 疼痛

　例 Elle a mal à la gorge / aux jambes / au dos / aux pieds.
　她喉嚨 / 雙腿 / 背部 / 雙腳不舒服。

（1-2）**avoir du mal à**：對……有困難

　例 Le professeur de français a du mal à retenir les noms de ses dix élèves.
　法文老師對記住他的10位學生的名字有困難。

**動詞變化小幫手**

| | |
|---|---|
| **SE CASSER**＋身體部分 弄壞身體某部分 | **TENIR**（拿／維持） |
| je me casse <u>le bras gauche</u> | je tiens |
| tu te casses <u>le bras gauche</u> | tu tiens |
| il se casse <u>le bras gauche</u> | il tient |
| nous nous cassons <u>le bras gauche</u> | nous tenons |
| vous vous cassez <u>le bras gauche</u> | vous tenez |
| ils se cassent <u>le bras gauche</u> | ils tiennent |

*le bras gauche：左手臂

**延伸學習**

（1）se sentir `v.pronom.` 感覺

（2）ne vous inquiétez pas `express.` 您別擔心

（3）être à la retraite `express.` 退休中

（4）faire de son mieux `express.` 盡力做到

（5）le plus vite possible `express.` 儘快

（6）régler `v.` 解決

# 45 Réserver une chambre

預訂房間

MP3-45

聽聽看 ▶ 先聽一次MP3，將聽到的字打 V。

☐ trois personnes          ☐ jardin

☐ un instant               ☐ raison

☐ un studio                ☐ compliqué

☐ salle de bain            ☐ compris

回答問題 ▶ 再聽一次MP3，回答下列問題。對的打〇，錯的打 X。

(　) (1) Le client a réservé une chambre avec 4 lits, salle de bain privative et petit déjeuner compris.
顧客預定了一間附私人浴室、早餐的4人床房。

(　) (2) Le client a donné le numéro de sa carte bleue pour réserver une chambre.
顧客提供了金融卡的卡號以便訂房。

- salle de bain n.f. 浴室
- complet adj.m. 客滿
  complète adj.f.
- haute saison n.f. 旺季
- compliqué(e) adj. 複雜的（動詞compliquer的過去分詞p.p.）
- gérer (qqch. / qqn.) v. 處理管好（某事 / 某人）
- compris(e) adj. 包含的（動詞comprendre的過去分詞p.p.）

原文

L'employée : Grand hôtel de Lyon, bonjour.

Le client : Bonjour, je téléphone pour faire une réservation. Est-ce que vous avez une chambre double pour 2 nuits, du 19 au 21 juin.

L'employée : Du 19 au 21 juin. Un instant, s'il vous plaît...

Oui, il nous reste encore une chambre avec 4 lits et salle de bain. Elle donne sur la rue, pas sur le jardin.

Le client : Ce n'est pas grave ! Beaucoup d'hôtels sont complets dans votre ville ! C'est difficile de trouver une chambre disponible !

L'employée : Oui, c'est la haute saison et avec le festival de musique, c'est encore plus compliqué à gérer.

Le client : Oui, je comprends, quel est le prix de la chambre ?

L'employée : Elle est à 120 euros la nuit, monsieur, petit déjeuner compris.

Le client : D'accord, c'est un peu cher, mais je la prends, je n'ai pas le choix...

L'employée : Vous êtes monsieur ?

Le client : Bernier, B.E.R.N.I.E.R.

L'employée : Pour la réservation, il me faut votre numéro de carte de crédit.

Le client : Je vous le donne. C'est le...

 翻譯

雇員：里昂大飯店，您好。

顧客：您好，我打電話來訂房間。您們6月19到21日，2晚還有雙人房嗎？

雇員：6月19到21日……請您稍等一下。有，不過只剩下一間含浴室的4人房。面對大馬路而不是花園。

顧客：沒關係！您們城裡很多飯店都客滿了！很難找到一間空房！

雇員：是的，現在是旺季，而且有音樂節，處理上更是困難。

顧客：是的，我了解，房間的價格是多少？

雇員：120歐元一晚，先生，含早餐。

顧客：好的，有點貴，但是我還是訂了，沒其他的選擇。

雇員：您貴姓？

顧客：貝尼耶，B、E、R、N、I、E、R。

雇員：若要訂房，我需要您的信用卡卡號。

顧客：我給您我的信用卡卡號，號碼是……

 實用句型

（1）**donner sur...**：有……景觀

　例 Mon appartement a une grande fenêtre qui donne sur la tour Eiffel.
　我的公寓有個大窗戶可以看到艾菲爾鐵塔的景觀。

（2）**il me faut + 名詞**：我需要……

　例 Il me faut ton passeport pour acheter le billet d'avion.
　我需要你的護照買機票。

177

**動詞變化小幫手**

| GÉRER（處理） | COMPRENDRE（理解 / 包含） |
|---|---|
| je gère | je comprends |
| tu gères | tu comprends |
| il gère | il comprend |
| nous gérons | nous comprenons |
| vous gérez | vous comprenez |
| ils gèrent | ils comprennent |

**延伸學習**

（1）basse saison  n.f.  淡季

（2）une seconde  express.  等一下

（3）inclus(e)  adj.  包含的（動詞inclure的過去分詞p.p.）

（4）vue  n.f.  景色 / 視力

（5）choix  n.m.  選擇

（6）bon marché  adj.  很便宜的

MP3-46

聽聽看 ▶ 先聽一次**MP3**，將聽到的字打 V。

☐ parler        ☐ laisser

☐ partie        ☐ massage

☐ réunir        ☐ épeler

☐ réunion      ☐ demander

回答問題 ▶ 再聽一次**MP3**，回答下列問題。對的打○，錯的打 X。

（　）（ 1 ）Monsieur Luchini a appelé monsieur De Labelle.
魯其尼先生打電話給德‧拉貝拉先生。

（　）（ 2 ）Monsieur Luchini et monsieur De Labelle sont en train de parler au téléphone.
魯其尼先生與德‧拉貝拉先生正在講電話。

- de la part de `prép.` 來自於……
- réunion `n.f.` 會議
- laisser (qqch.) (à qqn.) `v.` 留下（某物）（給某人）
- message `n.m.` 訊息
- rappeler (qqn.) `v.` 回電（某人）
- épeler `v.` 拼字

原文

La femme : Allô ?

L'homme : Allô, bonjour madame, je voudrais parler à monsieur Luchini, c'est de la part de monsieur De Labelle.

La femme : Monsieur Luchini est en réunion, vous voulez lui laisser un message ?

L'homme : Oui, dites-lui de me rappeler, il a mon numéro.

La femme : Excusez-moi, vous pouvez épeler votre nom ?

L'homme : De Labelle, en 2 mots, De, Labelle, L.A.B.E.L.L.E.

La femme : Merci, je vais lui transmettre votre message.

L'homme : Je vous remercie, au revoir madame.

La femme : Au revoir monsieur et bonne journée.

**翻譯**

女：喂？

男：喂，女士您好，我想要跟魯其尼先生講話，德‧拉貝拉先生打來的。

女：魯其尼先生在會議中，您要不要留下訊息？

男：好的，告訴他回電給我，他有我的電話。

女：不好意思，您是否可以拼一下您的姓？

男：德‧拉貝拉，2個字，德‧拉貝拉，L、A、B、E、L、L、E。

女：謝謝，我會轉告他您的訊息。

男：感謝您，女士，再見。

女：先生再見，並祝您有美好的一天。

**實用句型**

（1）**de la part de...**：來自於……

　　例 J'ai reçu un cadeau de la part de la société Apple, c'est bizarre non ?
　　我收到一個從「蘋果」公司送的禮物，很奇怪對不對？

（2）**dis / dites-lui de + 原形動詞**：告訴他 / 她……

　　例 Quand Marie arrive au bureau, dis-lui de venir me voir.
　　當瑪麗到公司的時候，告訴她來見我。

動詞變化小幫手

**ÉPELER**（拼字）

j' épelle

tu épelles

il épelle

nous épelons

vous épelez

ils épellent

**RECEVOIR**（收到）

je reçois

tu reçois

il reçoit

nous recevons

vous recevez

ils reçoivent

延伸學習

（1）occupé(e) `adj.` 占用中；沒空（動詞occuper的過去分詞p.p.）

（2）je vous le / la passe `express.` 我幫您轉接過去

（3）transmettre (qqch. à qqn.) `v.` 轉送（某物給某人）

（4）absent(e) `adj.` 不在、缺席

（5）être en congé `express.` 請假中

（6）être en vacances `express.` 放假中

回家複習：（1）×、（2）×

聽聽看：parler、réunion、laisser、épeler

單字

BONJOUR
LA FRANCE

## Chapitre 8

# Les désagréments
# 困　擾

★　★　★

聽聽看 ▶ 先聽一次MP3，將聽到的字打 ✓。

☐ entrez                    ☐ comprimé

☐ dès                       ☐ prenant

☐ m'endormir                ☐ occupé

☐ presque                   ☐ congé

回答問題 ▶ 再聽一次MP3，回答下列問題。對的打○，錯的打✗。

（　）（1）Le patient ne peut pas prendre de vacances en raison de son travail qui est trop prenant.
病患不能休假因為他的工作很忙。

（　）（2）Le médecin demande au patient d'enlever sa chemise pour l'examiner.
醫生要求病患把襯衫脫掉因為要做檢查。

**關鍵單字**

· depuis adv. 自從

· s'endormir v.pronom. 入睡

· appétit n.m. 胃口

· déprimé(e) adj. 憂鬱的（動詞déprimer的過去分詞p.p.）

· prenant(e) adj. 很占時間的

· ausculter (qqn.) v. 聽診（某人）

**原文**

Le médecin : Entrez monsieur, alors qu'est-ce qui ne va pas ?

Le patient : Eh bien, depuis deux mois, j'ai du mal à m'endormir, je dors peu et je n'ai presque plus d'appétit.

Le médecin : Vous avez perdu du poids ?

Le patient : Oui, 5kg.

Le médecin : Et vous vous sentez déprimé aussi ?

Le patient : Oui.

Le médecin : Vous avez un travail prenant ?

Le patient : Oui, je suis commercial pour une société de cosmétique. Il m'arrive souvent de travailler tard ainsi que le weekend.

Le médecin : Vous êtes obligé de travailler tant que ça ? Vous ne prenez pas de vacances ?

Le patient : C'est difficile, on n'a que 2 commerciaux en ce moment, c'est même pas possible de prendre un jour de congé.

Le médecin : Vous fumez ou vous buvez ?

Le patient : Oui, je fume mais je ne bois pas d'acool.

Le médecin : Bon, enlevez votre chemise s'il vous plaît, je vais vous ausculter.

醫生：先生請進，哪裡不舒服？

病人：這兩個月以來，我都很難入睡，睡很少而且幾乎沒有胃口。

醫生：您瘦了嗎？

病人：有，瘦了5公斤。

醫生：您自己覺得憂鬱嗎？

病人：是的。

醫生：你的工作很繁重嗎？

病人：是的，我是化妝品公司的業務。我常常需要工作到很晚甚至週末工作。

醫生：您一定要工作成這樣嗎？您不能放假去嗎？

病人：很困難，我們只有2位業務，連請一天假都不可能了。

醫生：您抽菸，喝酒嗎？

病人：我抽菸但是不喝酒。

醫生：好，請您把襯衫脫了，我幫您聽診看看。

 **實用句型**

（1）**être obligé(e) de...**：必須……

　　例 Il est obligé de réussir son année pour avoir son diplôme.
　　他必須通過學年測驗才能取得證書。

（2）**il m'arrive de...**：有時候會……

　　例 Il m'arrive de rentrer très tard le soir quand je sors avec mes copains.
　　當我跟朋友出去的時候，有時候會很晚回家。

| ENLEVER（拿掉） | BOIRE（喝） |
|---|---|
| j' enlève | je bois |
| tu enlèves | tu bois |
| il enlève | il boit |
| nous enlevons | nous buvons |
| vous enlevez | vous buvez |
| ils enlèvent | ils boivent |

延伸學習

（1）médecin n.m. 醫生

（2）patient(e) n. 病人

（3）dépression n.f. 憂鬱

（4）stressé(e) adj. 緊張的（動詞stresser的過去分詞p.p.）

（5）examiner (qqch.) / (qqn.) v. 檢查（某事）/（某人）

（6）burn-out n.m. 過勞

faire un burn-out v.

187

# 48 Chez le pharmacien

藥局拿藥

聽聽看 ▶ 先聽一次MP3，將聽到的字打 V。

☐ soigner

☐ rythme

☐ gorge

☐ trousse

☐ coule

☐ agressif

☐ tout

☐ cours

回答問題 ▶ 再聽一次MP3，回答下列問題。對的打〇，錯的打 X。

（　）（1）Le pharmacien conseille à la dame de prendre du sirop et des somnifères.

藥師建議這位太太服用糖漿與安眠藥。

（　）（2）La dame va prendre le sirop car il est moins agressif.

這位太太要買糖漿因為糖漿比較不刺激。

- rhume `n.m.` 感冒
- tousser `v.` 咳嗽
- couler `v.` 流下
- sirop `n.m.` 糖漿
- agressif `adj.m.` 具攻擊性的；刺激的
  agressive `adj.f.`
- doux `adj.m.` 溫和的
  douce `adj.f.`

原文

La cliente : Bonjour monsieur, je voudrais quelque chose pour soigner un rhume, s'il vous plaît.

Le pharmacien : Vous avez mal à la gorge ? Vous toussez ?

La cliente : Je tousse un peu, mais je n'ai pas mal à la gorge. Par contre, j'ai le nez qui coule et j'ai un peu mal à la tête.

Le pharmacien : Vous avez de la fièvre ?

La cliente : Non, je me sens surtout fatiguée.

Le pharmacien : Alors je vous conseille de l'aspirine ou peut-être mieux un sirop.

La cliente : Le sirop n'est pas trop agressif pour le corps ?

Le pharmacien : Non, ce sirop-là est très doux mais il faut un peu plus de temps pour guérir avec.

La cliente : Tant mieux si ce sirop est doux.

Le pharmacien : Il ne faut pas le prendre avec de l'alcool ni avec des somnifères.

La cliente : D'accord, merci pour vos conseils. Je le prends.

女顧客：先生您好，我想要一些可以治療感冒的東西，麻煩您。

男藥師：您喉嚨痛嗎？會咳嗽嗎？

女顧客：我有點咳嗽，但是喉嚨不會痛，但是，我會流鼻水而且有點頭痛。

男藥師：您有發燒嗎？

女顧客：沒有，只是覺得很累。

男藥師：這樣的話，我建議您可以買阿斯匹靈，或許感冒糖漿比較好一點。

女顧客：我拿糖漿，對身體不會太刺激吧？

男藥師：不會的，這個糖漿很溫和，需要點時間才能痊癒。

女顧客：溫和的糖漿，這樣最好。

男藥師：這個糖漿不能與酒也不能與安眠藥一起服用。

女顧客：好的，謝謝您的建議，我買這個。

**實用句型**

**（1）se sentir + 形容詞**：覺得……

> 例 Il se sent supérieur aux autres, il est trop prétentieux ce garçon !
>
> 他覺得自己比別人好，這個男孩真是太自以為是！

**（2）conseiller à qqn. de faire qqch.**：建議某人做某事

> 例 Mon meilleur ami m'a conseillé d'apprendre le français avant de partir en France.
>
> 我最好的朋友建議我去法國前先學法文。

| SE SENTIR（感覺） | TOUSSER（咳嗽） |
|---|---|
| je me sens | je tousse |
| tu te sens | tu tousses |
| il se sent | il tousse |
| nous nous sentons | nous toussons |
| vous vous sentez | vous toussez |
| ils se sentent | ils toussent |

延伸學習

（1）pharmacien n.m. 藥師

　　　pharmacienne n.f.

（2）grippe n.f. 流感

（3）médicament n.m. 藥物

（4）corps n.m. 身體

（5）santé n.f. 健康

（6）violent(e) adj. 暴力的、強勁的

回家復習：（1）×、（2）○

聽聽看：soigner、gorge、coule、agressif

解答

# 49 Faire une déclaration de vol
偷竊報案

聽聽看 ▶ 先聽一次MP3，將聽到的字打 V。

☐ calme          ☐ vu

☐ criez          ☐ rapide

☐ arnaque        ☐ apparu

☐ voler          ☐ indiquer

回答問題 ▶ 再聽一次MP3，回答下列問題。對的打○，錯的打 X。

（　）（1）La dame a perdu son portefeuille dans le bus.
這位太太在公車上丟了錢包。

（　）（2）La dame semble un peu choquée et perdue car elle
s'est fait voler son sac.
這位太太看起來有點震驚迷惘因為被搶了包包。

## 關鍵單字

- du calme ! express. 冷靜
- crier (sur qqn.) v. （對某人）尖叫
- vol à l'arraché n.m. 搶劫
- se passer v. 發生
- visage n.m. 臉
- s'inquiéter v.pronom. 擔心

## 原文

Le policier : Du calme madame ! Ne criez pas, s'il vous plaît. Qu'est-ce qu'il vous est arrivé ?

La victime : Je me suis fait voler mon sac à l'arraché !!!!

Le policier : Venez avec moi, nous allons procéder à la déclaration de vol au commissariat de police.

La victime : D'accord, merci.

Le policier : Ça s'est passé où et quand ?

La victime : Il y a quelques minutes, au moment où je descendais du bus, devant le grand magasin BHV.

Le policier：Vous avez vu le visage du voleur ?

La victime：Non, tout s'est déroulé très vite ! J'ai voulu lui courir après, mais il a disparu aussitôt dans la foule...

Le policier：Qu'est-ce qu'il y avait dans votre sac ?

La victime：Il y a toutes mes affaires importantes, mon passeport, ma carte de crédit, de l'argent... Qu'est-ce que je vais faire ?!!

Le policier：Ne vous inquiétez pas, un agent va vous aider.

警察：冷靜下來女士！請您不要大叫！您發生什麼事了？

受害者：有人搶了我的包包！

警察：請跟我來，我們一起去警局辦偷竊報案的手續。

受害者：好，謝謝。

警察：什麼時候發生的事？在哪裡發生？

受害者：幾分鐘前當我下公車的時候，就在百貨公司BHV前面。

警察：您有看到歹徒的臉嗎？

受害者：沒有，一切都發生得太快了！我本來想要追上去，但是他一下子就消失在人群中了⋯⋯

警察：您的包包中有什麼東西？

受害者：有我所有重要的東西，我的護照、信用卡、錢⋯⋯我要怎麼辦呢？

警察：別擔心，會有一位員警協助您的。

**實用句型**

（1）**au moment où**：正當⋯⋯

🔵 Il a eu sa promotion au moment où il se préparait à démissionner.

正當他準備要離職時，他獲得升遷。

（2）**se faire + 原形動詞**：被⋯⋯（被動式）（反身動詞當被動式用法）

🔵 Elle s'est fait couper les cheveux samedi dernier.

她上星期六去剪頭髮了。

| SE PRÉPARER（準備） | COURIR（跑） |
|---|---|
| je me prépare | je cours |
| tu te prépares | tu cours |
| il se prépare | il court |
| nous nous préparons | nous courons |
| vous vous préparez | vous courez |
| ils se préparent | ils courent |

延伸學習

（1）police n.f. 警方

（2）policier n.m. 警察
　　 policière n.f.

（3）voleur n.m. 小偷
　　 voleuse n.f.

（4）victime n.f. 受害者

（5）procéder (à qqch.) v. 進行（某事）

（6）délinquant(e) n.m. 小混混；犯小罪的不良分子

（以下為顛倒文字）

回答問題：（1）×、（2）○

聽聽看：calme、criez、voler、vu

解答

### 聽聽看 ▶ 先聽一次MP3，將聽到的字打 V。

☐ nuages        ☐ canard

☐ appartement      ☐ fouillé

☐ ouvert         ☐ plus

☐ trouver        ☐ poches

### 回答問題 ▶ 再聽一次MP3，回答下列問題。對的打○，錯的打Ⅹ。

（　）（1）La femme a enfin trouvé sa carte de crédit dans son sac à main.

這個女人最後在她的手提包中找到她的信用卡了。

（　）（2）La carte de crédit se trouve dans la poche de la veste de l'homme.

信用卡在男人的外套口袋裡。

196

- apparemment `adv.` 明顯地
- trouver (qqch. / qqn.) `v.` 找到（某物 / 某人）
- chercher (qqch. / qqn.) `v.` 尋找（某物 / 某人）
- poser (qqch.) `v.` 放在（某物）
- fouiller (qqch. / qqn.) `v.` 翻找（某物 / 某人）
- énerver `v.` 煩人、惹毛

原文

La femme : Ah... ma carte de crédit, elle est où ?

L'homme : Oh là là, tu as vraiment la tête dans les nuages..

La femme : Oui apparemment, tu peux m'aider à trouver ma carte de crédit s'il te plaît ?

L'homme : La dernière fois que tu l'as vue, c'était quand ?

La femme : C'était ce matin, je l'ai utilisée pour payer les courses et puis je suis rentrée à la maison...

Ah, peut-être qu'elle est dans mon sac à main ! J'ai changé de sac avant de partir.

L'homme : Hmm, il y a de grandes chances qu'elle soit dans ton sac de ce matin. Il est où ce sac à main ?

La femme : Euh… si je me rappelle bien, je l'ai posé sur le tabouret à côté du canapé.

L'homme : Okay. Je viens de regarder, mais elle n'y est pas ! Tu es sûre de l'avoir laissée à la maison ? Tu as bien cherché dans ton sac ?

La femme : Je l'ai déjà fouillé plusieurs fois, elle n'y est pas !

L'homme : Peut-être que c'est comme la dernière fois. Cherche dans toutes tes poches !

La femme : D'accord, attends il y a quelque chose dans la poche intérieure de ma veste... Ah !!!!! Elle est là ma carte de crédit !

L'homme：Ah tu m'énerves !

女：啊……我的信用卡在哪裡？

男：天啦，妳真的很漫不經心耶。

女：好像真的是，現在你可以幫我找我的信用卡了嗎？

男：妳最後一次看到卡片是什麼時候？

女：今天早上，我還用那張卡片付了買菜的錢，然後我就回家了……啊，有可能在我的手提包裡！我出門前換了包包。

男：嗯，有很大的可能性會在妳今天早上的包包裡。這個包包在哪裡？

女：呃……我如果記得沒錯的話，我把它放在沙發旁邊的小板凳上。

男：OK。我剛剛去看了，沒有在那裡啊！妳確定你把卡片留在家裡？妳有認真找過妳的包包嗎？

女：我已經翻了好幾次我的包包了，卡片不在裡面！

男：或許跟上次一樣。找找妳所有的口袋！

女：好，等一下，在外套的隱藏口袋中有東西……啊！我的信用卡在這裡！

男：真是受不了妳！

 實用句型

（1）**avoir la tête dans les nuages**：漫不經心

例 Il a la tête dans les nuages, il cherche toujours ses affaires.
他很漫不經心，總是在找他的東西。

（2）**y être**：在

例 J'y suis. 我到了。

Elle n'y est pas. 她不在。

> **FOUILLER（翻找）**
>
> je fouille
>
> tu fouilles
>
> il fouille
>
> nous fouillons
>
> vous fouillez
>
> ils fouillent

> **CHERCHER（尋找）**
>
> je cherche
>
> tu cherches
>
> il cherche
>
> nous cherchons
>
> vous cherchez
>
> ils cherchent

延伸學習

（1）distrait(e) `adj.` 易分心的

（2）énervant(e) `adj.` 很煩人的

（3）possibilité `n.f.` 可能性

（4）se trouver `v.pronom.` 位於

（5）retrouver (qqch. / qqn.) `v.` 找到（某物 / 某人）

（6）irriter (qqn.) `v.` 惹毛（某人）

回答問題：（1）× 、（2）×

填空：nuages、fouille、trouver、poches

聽聽看

聽聽看 ▶ 先聽一次MP3，將聽到的字打 V。

☐ ouvrir

☐ messages

☐ document

☐ format

☐ faire

☐ bouge

☐ logistique

☐ clique

回答問題 ▶ 再聽一次MP3，回答下列問題。對的打○，錯的打╳。

( ) ( 1 ) Jérôme a conseillé à la femme de mettre à jour son logiciel pour pouvoir ouvrir le document.

傑宏建議這個女人更新她的軟體以便打開檔案。

( ) ( 2 ) La femme a reçu un dossier au format DOC.

這個女人收到一個DOC格式的檔案。

**關鍵單字**

- ouvrir (qqch.) `v.` 打開（某物）
- s'afficher `v.pronom.` 顯示
- format `n.m.` 格式
- dossier `n.m.` 文件
- mise à jour `n.f.` 更新
- télécharger (qqch.) `v.` 下載（某物）

**原文**

La femme : Jérôme, tu peux venir m'aider s'il te plaît ?

L'homme : Oui, tu as un problème ?

La femme : Je n'arrive pas à ouvrir ce dossier, il y a des messages affichés mais je ne comprends pas.

L'homme : Fais voir ! C'est quoi le format du dossier ?

La femme : DOC, la collègue qui m'a envoyé ce dossier me l'a dit.

L'homme : D'accord, ces messages t'indiquent qu'il faut faire la mise à jour de WORD.

La femme : Mais comment faire ? Je ne l'ai jamais faite depuis que j'ai cet ordinateur.

L'homme : Dirige la souris en haut à gauche, clique sur l'icône « pomme », tu vois la liste qui s'affiche ?

La femme : Oui, il y a une option « mise à jour du logiciel », je clique ?

L'homme : Oui, voilà maintenant tu attends que ça télécharge et après tu pourras ouvrir le dossier normalement.

La femme : Merci !

女：傑宏，你可以過來幫我嗎？麻煩你。

男：好，有問題嗎？

女：我沒辦法打開這個檔案，有一些訊息跳出但是我不懂是什麼意思。

男：讓我看看！這個檔案是哪種格式？

女：DOC，寄給我這個檔案的同事說的。

男：好，這些訊息要求妳更新WORD軟體。

女：但是要怎麼做？自從我有了這台電腦我從來沒更新過。

男：妳將滑鼠往左上方移動，在有個「蘋果」圖示的地方點下去，妳看到列出來的這串清單了嗎？

女：有，這裡有個「更新軟體」選項，我點下去？

男：是的，好了，現在妳就等到下載完，然後妳應該可以正常地打開這個檔案。

女：謝謝！

實用句型

（1）attendre que + 主觀式（subjonctif）：等到……

例 Les élèves attendent que le professeur fasse signe pour quitter la salle de classe.

學生們等著老師示意可以離開教室。

（2）mettre à jour...：更新……

例 Il faut régulièrement mettre à jour les logiciels de ton portable.

你手機中的軟體必須要定期更新。

**動詞變化小幫手**

| FAIRE（做）主觀式現在時 | DIRIGER（引導 / 管理） |
|---|---|
| que je fasse | je dirige |
| que tu fasses | tu diriges |
| qu' il fasse | il dirige |
| que nous fassions | nous dirigeons |
| que vous fassiez | vous dirigez |
| qu' ils fassent | ils dirigent |

**延伸學習**

（1）actualiser (qqch.) v. 即時、更新（某物）
　　actualiser la page　更新網頁

（2）écran n.m. 螢幕

（3）clavier n.m. 鍵盤

（4）touche n.f. 按鍵

（5）icône n.f. 圖示

（6）sécuriser v. 保護

國家圖書館出版品預行編目資料

每天10分鐘，聽聽法國人怎麼說 / Mandy HSIEH、
Christophe LEMIEUX-BOUDON合著
-- 初版 -- 臺北市：瑞蘭國際, 2020.03
208面；17 × 23公分 --（繽紛外語系列；94）
ISBN：978-957-9138-62-8（平裝）
1.法語 2.旅遊 3.會話

804.588                         108022733

繽紛外語系列 94

# 每天10分鐘，聽聽法國人怎麼說

作者｜Mandy HSIEH、Christophe LEMIEUX-BOUDON・審訂｜Franck Le Rouzic
責任編輯｜潘治婷、林珊玉、王愿琦
校對｜Mandy HSIEH、Christophe LEMIEUX-BOUDON、潘治婷、林珊玉、王愿琦

法語錄音｜Christophe LEMIEUX-BOUDON、Anna SACILOTTO
錄音室｜采漾錄音製作有限公司
封面設計、版型設計、內文排版｜余佳憓・插畫｜Ruei Yang

瑞蘭國際出版

董事長｜張暖彗・社長兼總編輯｜王愿琦
編輯部
副總編輯｜葉仲芸・副主編｜潘治婷・文字編輯｜林珊玉、鄧元婷
設計部主任｜余佳憓・美術編輯｜陳如琪
業務部
副理｜楊米琪・組長｜林湲洵・專員｜張毓庭

出版社｜瑞蘭國際有限公司・地址｜臺北市大安區安和路一段104號7樓之1
電話｜(02)2700-4625・傳真｜(02)2700-4622・訂購專線｜(02)2700-4625
劃撥帳號｜19914152 瑞蘭國際有限公司・瑞蘭國際網路書城｜www.genki-japan.com.tw

法律顧問｜海灣國際法律事務所　呂錦峯律師

總經銷｜聯合發行股份有限公司・電話｜(02)2917-8022、2917-8042
傳真｜(02)2915-6275、2915-7212・印刷｜科億印刷股份有限公司
出版日期｜2020年03月初版1刷・定價｜380元・ISBN｜978-957-9138-62-8

 本書採用環保大豆油墨印製